你就是魔王嗎，
阿吉・達卡哈——！
逆迴十六夜
阿吉・達卡哈
U0025691

既然此命將絕，
至少要爲同伴犧牲。
黑兔

問題兒童都來自異世界？

於是，兔子投身煉獄

Tatsunokotarou
竜ノ湖太郎

illustration
天之有

Kadokawa Fantastic Novels

問題兒童都來自異世界？
於是，兔子投身煉獄
contents

第五章
141
第四章
117
幕間2
171
終章
181
教教我！
白夜叉老師！
～part2～
199
下集
預告
206
後記
205

Character

春日部耀

恩賜名

「生命目錄」(Genom Tree)與「No Former」

久遠飛鳥

恩賜名

「威光」

逆迴十六夜

恩賜名

「真相不明」(Code Unknown)

召喚問題兒童們來此的罪魁禍首，「No Name」的賞玩用小動物。

黑兔

該讓黑兔
穿上什麼才好呢？

東區階層支配者，外表是和服蘿莉少女。

白夜叉

前任魔王，吸血鬼的純血種。現在是女僕！

蕾蒂西亞

共同體「No Name」的領導者

仁

MAP
階層支配者
「Salamandra」
珊朵拉
北
境界壁
問題兒童都來自異世界？
5
6
4
3
2
世界軸
箱庭2105380
「No Name」根據地
東
→世界的盡頭→
西
???
階層支配者
「Thousand Eyes」
白夜叉
1
7
9
8
南
階層支配者
「缺席」

幕間1

——箱庭上層三位數地區，仞利天。

飄浮著蓮花，還有桃樹形成的林蔭道為其增添色彩的天界之門。在這片平時只有風聲和流水聲的無人土地上，響起優雅的「叮鈴」聲。那鈴聲振動天界的清澄空氣並引起迴響，從此處傳向遠方。

鈴聲喚來柔和的涼風，帶起一大片綻放出燦然光彩的銀髮。

「…………」

叮鈴……白夜叉再度往前走了一步，以從未見過的嚴峻表情仰望天門。

她的臉上看不到平常的爽朗笑容，胸懷某種強烈決心站在此處的她眼中充滿認真神色。白夜叉把手輕輕伸向緊閉著的天門。

仞利天——是連接著現世和天界，讓以討伐魔王為宗旨的神群聯合共同體「天軍」用來出擊的門扉。

位處三位數的強大神靈們若是以原本之姿降臨下界，光是其存在本身，就有可能形成震撼天地的災害。

而天門仞利天，就是為了減輕餘波而製造出的設施。

透過讓星辰體(Astral)和物質體(Material)可以互相反轉的這個仞利天，神靈和星靈就能以配合環境的最佳姿態顯現。

一頭白銀長髮隨風飛揚的白夜叉繼續把手放在仞利天上，不甘地咬了咬嘴唇。

「……果然，除非隸屬於天軍，否則不會開啟嗎？」

她使勁推了推門，然而仞利天卻依然緊閉，紋絲不動。

即使憑白夜叉之力能夠輕易破壞，但無法保證那樣做之後仞利天依然能正常運作。雖說也不是沒有其他通道，然而不通過這道天門直接現身於下界的行為受到嚴厲禁止。

要是不經由仞利天就降臨下界，那麼無論自身意志如何，都有可能會成為災厄的根源。更不用說身為前魔王的白夜叉一旦破壞這扇門，這次真的會和所有神群為敵吧。白夜叉以滿心悔恨的態度咬著嘴唇，用力閉上雙眼，把原本貼在天門上的手緊握成拳。

「沒有時間去見帝釋天……下界的戰況已經刻不容緩。」

她閉著眼睛，讓意識飛向下界。

——「煌焰之都」內上演了和「Ouroboros」的死鬥。

殿下等人率領化為吸血鬼的巨人族出現。

幕間1

並在「煌焰之都」舉行決鬥型的恩賜遊戲，「Tain Bo Cuailnge in Ath nGabla」。

逆迴十六夜、久遠飛鳥、春日部耀分頭迎擊擁有魔王等級實力的敵人，展開各自的戰鬥。

從天界觀察戰況的白夜叉目睹雙方交手後，瞬間就看出是「No Name」占了上風。經歷過多次激戰的「No Name」已經不再是外行人的集團。三人都讓各自擁有的天賦才能開始發揮，要阻止他們並非易事。儘管多少有點擔心，但依舊能從容地啃著煎餅旁觀。

不過就算是白夜叉，也無法預知一切。尤其混世魔王加入「Ouroboros」更是出乎意料的事態。

在年幼心靈裡萌芽的不成熟放蕩心態被混世魔王乘虛而入，他成功和「Salamandra」的年輕首領珊朵拉同化，並取得星海龍王的角。

「…………」

白夜叉更用力握緊拳頭。她的失敗有一大部分要算是白夜叉的責任。珊朵拉今年才十二歲，要讓她在聚集修羅神佛的這箱庭世界裡擔任管理者，實在過於年幼。毫無疑問，這少女還和嬰兒沒什麼兩樣。

而白夜叉之所以把重責交付給這樣的少女，是因為她樂觀認定碰上緊急事態時只要自己趕來救援即可。

……現在回想起來，白夜叉才痛切體認到這究竟是何等傲慢的想法。

無論「Salamandra」有什麼內情，都不該委任年幼的少女擔任組織的領導人。白夜叉身為唯一能提出異議的存在，卻過度相信自己的力量和地位，沒能糾正這個理當改過的謬誤。如果能保護好珊朵拉……那個魔王也不會復活吧。

「明明我還為了避免重蹈三年前的覆轍而不惜奉還神格出手戰鬥……結果我的行動卻總是晚了一步。」

心中湧出無窮悔恨。金絲雀為了打倒敵托邦魔王而創辦的「階層支配者」大聯盟也已經在三年前瓦解。

三年前的那一天……要是白夜叉奉還神格並趕往現場，應該不會演變成那種最糟的事態。

而現在，下層出現了更大的威脅。

最古老的魔王——被稱為「人類最終考驗（Last Embryo）」的最強弒神者。

（魔王阿吉．達卡哈……面對那傢伙持有的「模擬創星圖（Another Cosmology）」，就連主神級也難以取勝。但如果是我……如果是我的「主辦者權限」，應該能夠確實地把那傢伙永遠封印……！）

心中抱著萬般決意的白夜叉抬起頭。她被禁止使用「主辦者權限」。

白夜叉過去曾以執掌「天動說」的太陽神之姿，長期盤據眾多神群的宇宙論（Cosmology）中心。為了保護自己的靈格，也曾經鎮壓過言論。然而隨著人類史的發展，出現了具備勇氣的航海者，以及擁有智慧的天文學家，在這些人的努力下，白夜叉的靈格縮小，最後甚至被逼向白夜的地平線。

現在她的力量只剩下與一介太陽神相同程度的靈格。

「…………」

——然而，那充其量只是「在人類史能夠觀測到的範圍內」得出的結果。

「天動說」的靈格存在於即使耗盡人類史存續的所有時間也無法找到的位置。那是到達星之盡頭，時之盡頭，宇宙之盡頭後，才總算能夠證明的事物。一旦把舉辦遊戲的規模擴展到那種地步，白夜叉的靈格就會無限膨脹，也能對參加者展開悖論遊戲。所以只要能把那傢伙召入沒有出口的白夜地平線，應該就能夠連同主辦者的白夜叉一起永久封印吧。

「問題是移動需要的時間……下層的事態刻不容緩。雖然多少有點粗暴，還是破壞忉利天——」

「——那可讓人困擾。要是才剛修理好立刻又被破壞，我們還有啥立場。」

白夜叉猛然一驚，回頭望去。

由於她試圖擅自使用忉利天，當然會有追兵前來。然而未免也太快了。除了這點，讓白夜叉驚訝的原因是她認識這聲音的主人。

帶著毅然聲調的話音讓路旁的整排桃樹也隨之晃動，接著化為一陣風穿越而去。

以昂然態度和白夜叉相對而立的聲音主人搖曳著一頭宛如大地上抽芽稻穗的黃金色頭髮，似乎很困擾地笑著。

面對「這位女性」甚至可說是帶有親近感的笑容，白夜叉也無法完全掩飾困惑的神色。

——天啊，沒想到對方居然派出這傢伙。

白夜叉好歹也算是隸屬於佛門之下。因此派遣武神眾的護法神十二天或是主神級的明王們來擔任追擊她的刺客才合情合理。

她已經做好心理準備，最壞的情況就是必須面對最高神等級的敵人，不過對擁有過半太陽主權的白夜叉來說，那並不是打不贏的對手。

然而，眼前的人物卻不符合任何一種預測。

雖然能與武神和明王雙方都相匹敵，卻是完全異質的存在。

這個人正是受佛門保護的箱庭最高等級特異點。她的名字是——

「好久不見了……『齊天大聖』孫悟空……！」

「那是以前的名字，現在叫作鬥戰勝佛。」

對方甩著宛如稻穗的頭髮，深綠的眼眸裡漾著爽朗的笑意。

和凜然的聲音相反，她的體型嬌小，怎麼看都像是十三、四歲的少女。然而眼裡帶有的堅強和光輝，卻醞釀出讓人一目了然的超越者風範。

從正面瞪著齊天大聖的白夜叉拿起扇子，同時開口問道：

「哼……即使找遍箱庭，也只有一小撮人會用那種超冷門的佛名稱呼妳，齊天大聖。甚至連授予妳這名字的當事者釋……」

「喂，笨蛋！別說啊！」

「哎呀，這下失禮了。」

在天界，有所謂不可以說出口的名字。

幕間1

白夜叉咳了一聲，開始take2。

「總之，就連賜予妳這佛名的當事者〇迦（Shyaka）不也是稱呼妳為大聖嗎？在這種狀況下，要求我改變稱呼的行動實在可笑。如果妳無論如何都想讓我改，首先該先去跟釋〇那傢伙抗議一句。」

「……這事會沒完沒了所以我是不會提起啦，但妳也該多體諒一點吧，這個廢神。」

白夜叉哼了一聲擺出架子，齊天大聖則是不以為然地嘆了口氣。

雖然兩人之間進行著這種愚蠢對話，但沒有任何神佛不知道她的名字。

——「齊天大聖」孫悟空。

她是在中華神話傳記《西遊記》中大顯身手，有名到幾乎是過於有名的魔王之一。身為牛魔王和蛟魔王所屬的「七天大聖」之領袖，是曾經和諸多神群激戰但依然存活的古老強者。雖說隸屬於「七天大聖」的七名魔王每一個都以大聖自稱，但會被他人暱稱為「大聖」的只有孫悟空一人，旗下的妖仙和土地神們也認同她具備夠格被稱為「大聖之人」的大器。相信「齊天大聖」才是神話時代之王的人不在少數，甚至連其他神群裡都能找到信奉她的人。

然而齊天大聖和六名妖王結成大聯盟後，多次和玉皇大帝、道教神明等展開大戰，最後很可惜地敗在護法神十二天和釋〇手下。

之後的發展是根本不需要說明的著名故事。大聖受到禁錮五百年的刑罰，後以玄奘三藏為師並前往天竺……這就是她廣為人知的傳承。

然而那只不過是流往外界的一部分故事。她的存在對於箱庭的神佛來說，比起身為魔王的這一面，另一面的身分反而更受到重視。

齊大大聖不是妖仙，不是精靈，也不是神靈。

而是在星之中樞獲得生命，透過海底火山大爆發而被運往地上的獨一無二半星靈——星造的「原典(Origin)候補者」。

「我千思萬想都沒預料到妳會被派來當刺客，還以為一定是梵天那傢伙。」

「嗯……這個嘛，怎麼說？這邊也有很多複雜內情。老實講，其實連我老孫都覺得意外。既然對象是妳，無論我再怎麼掙扎都不是妳的敵手，跟嬰兒找父母親吵架沒兩樣。對我這種半吊子來說，負擔實在過重。」

「是嗎，實際上如何呢？說妳是半吊子也是指投身佛門之前的情況，曾是問題兒童的妳現在已經成為三位數。我倒不覺得這是一場那麼魯莽的戰鬥喔？」

白夜叉開著玩笑並試探對方。齊天大聖在沒有被賦予半星靈之使命的情況下就直接誕生於花果山山頂，被收入佛門後也處於放任狀態。

箇中理由就連白夜叉也不為所知。雖說有傳言指出是佛門為了掌握霸權而慎重保留著她的力量，也有人說她是最後的王牌，然而真相卻埋藏於黑暗之中。

她身為半星靈的特異性自不用說，實力也無庸置疑。如果只論純粹的戰鬥能力，甚至不比

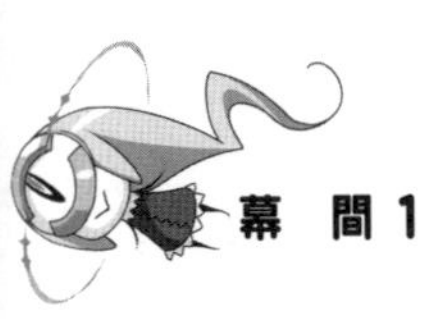

幕間1

帝釋天遜色。

而且她和白夜叉是老相識。就是看上這一點才派她出馬吧——思考到這邊，白夜叉終於注意到一件要事。

「……嗯？等一下，大聖。妳剛剛有說過忉利天已經修好了嗎？」

「嗯，雖然往下最遠只能連到四位數，但如果是要正常使用並沒有問題。」

一聽到齊天大聖這句話，白夜叉臉上出現安心的神色。

倘若此情報為真，白夜叉就沒有必要前往下層。

既然天軍的正規共同體會被召集，那麼也不會出現無益的犧牲吧。即使造成犧牲，也頂多是大地表面會有一部分被「夷為平地」。這點程度可以算是便宜的代價。

放鬆肩膀像是解除緊張情緒的白夜叉稍微嘟起嘴向大聖抱怨：

「既然是那樣，妳早說不就得了……就連我在這次也已經先做好心理準備了！——那麼，是哪個共同體會被派出？如果是護法神十二天、迦樓羅所屬的八部眾，或是五大明王等級的天軍要出征，我也可以放心。」

「…………」

白夜叉的語氣雖然變得輕鬆起來，但大聖卻靜靜地閉上眼睛。

她沒有立刻回答，而是以類似在勸導的語氣開口：

「……不會派出天軍。」

「什麼？」

「不只是正規的天軍，就連為了對應緊急狀況而待機的天使和奧林匹斯諸神都不會和阿吉・達卡哈交手。當然，像我這種例外也不被允許出擊。」

白夜叉受到彷彿遭受鈍器毆打的衝擊，腳步也一時踉蹌。

放心的神情立刻消失，連旁人也能看出她的臉色急速發青。剛剛那番話聽起來，怎麼像是在表示所有神群都要捨棄下層呢？

她拚命抑制住想要激動怒吼的反射性衝動，抖著嘴唇發問：

「這……這是怎麼一回事？」

「就是剛剛妳聽到的意思，上層的神群已經決定要放棄現存的人類史。阿吉・達卡哈——『絕對惡』的靈格既然已經高漲到那種程度，神群也無計可施……時限已到，只能毀棄這個箱庭世界。」

「……什麼……」

這突如其來的勸告讓白夜叉無言以對。

「等……等一下，三年前的結論應該是人類史尚有救濟的餘地。明……明明是這樣，現在又是為何？為什麼突然轉變成急於得出結果的做法？除非有過半數的上層『地域支配者（Legion Master）』都予以應允，否則應該不會受理移設箱庭的要求……！」

「不知道。畢竟三年前金絲雀還在，而且人類史也已經看見完成的終點。和現在的狀況截然不同……而且，三位數、四位數也有移居到新箱庭的權利，主要的共同體都已經開始準備移動。」

聽到這句話的白夜叉滿臉蒼白。

講到上層的共同體，幾乎都是一些構成神群核心的成員。而大聖卻表示他們不僅決定毀棄箱庭，甚至已經開始準備移居。

就算再怎麼畏懼弒神者，這也是前所未聞的事態。

很明顯，是有人在背後穿針引線挑起戰爭。

（不過到底是誰？難道「Ouroboros」是龐大至此的組織嗎……？）

如果真是那樣，那就是白夜叉完全看走了眼。

假設「Ouroboros」和這一連串的事態發展有關，就不是神群這等規模的共同體。而是有難保不會將箱庭一分為二的大勢力參與其中。

「齊……齊天大聖……這是某些人的陰謀。過去贊成移設箱庭的人不是只有北歐的沒落神群嗎？然而其他人卻如此唐突地改變意見，妳難道不覺得奇怪？」

「老孫我是覺得奇怪，但已經無計可施。除非『人類最終考驗』被封印或打倒，否則很難推翻這決定。」

「那……那麼只要派出天軍……！」

白夜叉講到這裡才猛然察覺。明明忉利天已被修復，然而卻看不到天軍被派出的跡象。雖說天軍是混合神群，但負責指揮的卻是佛門。

理解到其中含意的白夜叉以不敢置信的態度望向齊天大聖。

「難道……連佛門也一樣嗎？居然連佛門也已經捨棄下層了？是這樣嗎？齊天大聖！」

「……對不起，現在的事態已經來到憑我個人獨斷無法干預的規模。有許多神群都傾向於新箱庭的再建計畫，大部分人甚至意氣飛揚地宣稱這次一定要成功。他們的盤算是當下層毀滅時，上層的傢伙們已經移居到新的箱庭。」

「這──到底是什麼蠢話！」

暴怒的吼聲讓地面出現龜裂，折斷整排美麗桃樹並往前延伸而去。白夜叉放出駭人的神氣，一頭銀髮倒豎而起並冒出蒸騰熱氣。

金色雙眼逐漸染上讓人聯想到落日的赤紅。

她臉上已經看不到平時的溫厚模樣。

這壓倒性的威逼感使人不禁擔心她是否會在天空刮起風暴，在地上掀起災厄。白夜叉在震怒下往周圍施放出的力量能夠撼動星辰，甚至有可能扭曲其軌道。

然而齊天大聖只是依然睜著沉靜的雙眼，帶著彷彿已封殺一切感情的態度宣布：

「為了建立新箱庭……開始新的世界，需要過半數的太陽主權。所以上層的傢伙們都拚命地想把妳帶回去。」

「哦？那些手下敗將想殺我嗎？──嗯，也好……乾脆把立場和其他一切全都拋開，狠狠

大鬧一場似乎也很有趣。畢竟我也差不多快因為這些蠢事而無法抑制怒火了。」

在二十四個太陽主權中，掌握過半數的最強太陽神。

只要她充分發揮出其神威，甚至可以和人類最終考驗的威脅相匹敵。

現存的法則會被扭曲，白天與黑夜將失衡，就連天地的境界都會被粉碎吧。

「我之所以降入佛門，是因為相信你們的正義。而我也遵守這種正義，守護箱庭的安寧至今——雖然我確實沒有保護好所有一切，然而就算如此，也沒有義務必須配合你們的盤算捨棄下層！很好！無論是百萬還是億千萬的軍力都儘管帶來吧！我白夜現在就會化為極夜之帷幕，把世上萬物連同星光一起吞噬殆盡……！」

原本美麗的銀髮釋放出讓人聯想到夜幕的黑暗。

極夜——是和白夜完全相反的太陽運行，意指「太陽不會升上地平線」的現象。對於掌管太陽運行的白夜叉來說，支配夜幕是輕而易舉的小事。既然有力神群的主神大多是太陽神，能力足以和她對抗的人甚至不滿十指之數。畢竟身為太陽神同時也能支配黑夜的白夜叉特別擅長殺死太陽神。

即使無法和以「天動說」化身君臨所有宇宙論(Cosmology)之上的黎明期那時相提並論，但她的神威依舊無法估量。

身為諸神的神威，還有身為魔王的王威。她是天生擁有雙方威能的星靈最強個體，位列箱庭的第十席。

幕間1

「白夜魔王」正準備釋放所有的威光。

「快點退下，齊天大聖。妳不夠格擔任我的對手……不，就算其他神群前來也一樣。既然身為神，『人類最終考驗』就無法殺死我。我要讓太陽主權和『絕對惡』一起被永遠封印在白夜的地平線上。至於這箱庭就由我接收，當成棺材的替代品吧。」

「……外界會如何？若想完成人類史，無論如何都必須克服最終考驗。」

「哪管得了那麼多。我想要保護的對象是生活在箱庭裡的人們，是我所愛的世界。即使箱庭會失去做為箱庭的存在意義，但我想保護的還是這都市裡的生活。無論外面的宇宙會變成什麼樣子都與我無關。」

她的發言最後帶有「這是最後忠告」的暗示。

如果齊天大聖堅持不退，那也沒有其他辦法。無論彼此交情多麼深厚，還是有所謂彼此無法相容的堅持。而現在正處於那種狀況。

「……無法讓步嗎？」

「無法。」

「一旦進入悖論遊戲後就無法脫離，妳也會永遠無法回到箱庭。」

「我已經做好心理準備。」

沒錯，白夜叉早就對這種後果做好心理準備。

自己將會和「Thousand Eyes」的同志，以及「No Name」的成員們永別吧。然而即使必須接受這種前提，還是有想要保護的對象。因此白夜叉的決心很堅定。

「……這樣啊。」

面對她的決意，齊天大聖閉上眼睛。白夜叉也靜靜等待回答。

要戰鬥嗎？還是要退開？然而齊天大聖的回答卻不屬於任何一邊──

「──好。那，我老孫也奉陪！」

「……啥……？」

「啥什麼啥。只有妳和三頭龍在應該會閒到發慌，所以我老孫也一起進行悖論遊戲吧。至少可以陪妳喝喝茶。」

「說……說什麼喝茶……妳明白這代表什麼意思嗎？」

「那當然。要是妳不想喝茶，要不要拿桌遊去？」

「不不，所以我不是那個意思……」

「其實啊，我最近入手的桌遊很有趣……」

「夠了快乖乖聽我說！要陪我，就等於妳也會被永遠禁錮於白夜的地平線！即使這樣妳也──」

「──嗯，即使那樣也無所謂。」

看到齊天大聖那清澄的眼眸，白夜叉無言以對。

「嗯……該怎麼說？我老孫也並不是想要捨棄箱庭，而且再這樣下去，似乎也無法達成阻止妳的命令。如此一來，我能做到的事情就只有陪妳一起耍耍任性了。」

一步、兩步、三步……齊天大聖走向白夜叉。

白夜叉卻相反，往後退了幾步。先前的駭人魄力已經煙消雲散，轉變為困惑的神色。雖然她早已做好一人勇闖死地的決心，但從沒想到居然會出現宣稱要與她同行的愚蠢之人。

那並不是尚未確定是否有勝算的死地。

而是可以稱之為「一旦前往就只有死路一條」的旅程。齊天大聖說要與自己同去的行為，也是在宣示即使同時赴死也無所謂的決心。

「不管是我本人還是結拜弟弟們，都受過白夜王妳的照顧。像不久之前，妳才指引過蛟劉今後的道路吧？」

「……那並不算是什麼照顧……」

「不只那件事。我老孫遭受禁錮五百年的刑罰後，三藏之所以會前來找我，也是因為有妳幫忙說情吧？要是沒有那趟旅程，就沒有現在的我。換個講法，沒有妳就沒有現在的我。所以我老孫現在，要在此還清這個人情。」

齊天大聖伸出右手。

白夜叉看著這隻右手猶豫，表情因苦悶而扭曲。

一旦握住這隻手，就再也無法回頭吧。

縱使她已經下定犧牲自己一人的決心，卻從未想過要把哪個人牽扯進來。不過這也是理所當然，畢竟天生擁有絕大力量的白夜叉從創成期到今日為止，從來不曾碰上哪個人試圖拯救自己的狀況。

白夜叉瞪著對方伸出的右手……最後還是搖了搖頭，認為果然不能這樣做。

「……悟空，妳擁有才能。我不能把前途無量的人才也捲入……」

「這聽起來不像是試圖斷絕箱庭前途的魔王該講的話。」

「嗚……不……可是，至少妳的未來有受到保證吧！」

「哼！講這什麼囂張話。要是捨棄朋友，明天吃的飯也會臭掉吧。」

好啦好啦～齊天大聖帶著輕快笑容揮動右手……白夜叉重新體認到，這個女人就是用這種方法誆騙有名的神靈和魔王。即使如此，戰意消退並被耍著玩的白夜叉依舊不服輸地輕嘆口氣，然後再度帶著充滿力道的雙眼抬起臉。

「……我明白妳不是在亂開玩笑。只要我握住這隻手，溫柔的妳就會真的跟來吧。」

「那還用說，我們兩個可以在白夜的地平線上幽會呢。」

「別亂開玩笑了！——妳聽好，齊天大聖，我要妳留在此處。至於我，無論如何都必須前往下層。如果下層已經沒有希望，那麼我舉辦悖論遊戲把箱庭封閉成真正的『箱中世界』，意義也差不多吧。」

幕間1

下層的狀況早就已經走進死胡同，所以只能犧牲自己。

齊天大聖的眼光貫穿講出這番話的白夜叉。

「不──還有希望。」

她以不允許反論的強硬口氣如此斷言。

由於她的聲調是如此有力，讓白夜叉眨了眨眼倒吸一口大氣。

齊天大聖用伸出去的右手抓住白夜叉的衣服，把她拉向自己。

「白夜叉，我再說一次──還有希望。但是如果維持現狀，勝率會趨近於零。所以我不會勉強妳，妳想使出悖論遊戲或什麼都行。不過如果妳能相信下層──相信妳口中的心愛人們，那就再給我一點時間。」

「…………」

面對這強而有力的聲調。

不由分說的眼神。

還有讓人感受到希望的靈魂，白夜叉睜大雙眼發問：

「悟空，妳有什麼策略嗎？」

「我老孫沒有，但有個能改變這這況的傢伙──不，已經回來了。」

聽到這絕妙的講法，白夜叉直覺感到發生了什麼事。然而在她開口說任何話之前，齊天大聖已經繼續說道：

「雖然這是祕密，但我和天軍也已經邀請獨立共同體派出援軍，那些傢伙一定會伸出援手。這樣一來只剩下天界的問題。只要阿吉・達卡哈還沒被打倒，擁有太陽主權的妳就會持續被追擊。先找個地方躲起來吧。」

「可是就算要躲，又能躲去哪裡？我身上的鈴鐺等於是項圈，不管待在天界的哪裡，都會被人找出行蹤。」

「我已經準備好天岩戶，那邊不會被任何人發現。」

「還……還真是準備萬全。那麼妳該怎麼辦？妳應該有收到必須抓住我的命令吧……」

「不，釋〇大人吩咐我老孫的只有『不可以讓白夜叉前往下層』，所以應該沒差吧？」

齊天大聖滿不在乎地隨口說道，能如此放得開還真是了不起。

然而如果齊天大聖所言為真，或許真有一丁點希望。白夜叉帶著複雜情緒抬頭仰望忉利天，遙想著目前正在下層戰鬥的人們。雖然白夜叉表現出猶豫的態度，但最後似乎還是下定了決心，點了點頭回應。

在夜風的助長下，森林燃起猛烈的火勢。從「煌焰之都」向外延伸的街道上，可以看到混亂的難民們爭先恐後地四處奔逃，已經完全不受統率。在這種情況下，「Salamandra」的衛兵們依舊為了讓難民們能平安避難而來回奔波，然而他們還不知道。

其實唯一的逃生途徑「境界門」已經被馬克士威魔王破壞。萬一這個事實傳開，難民的混亂應該會膨脹到無法收拾的規模吧。

在混亂到極點的隊伍最後方。

負責殿後的春日部耀咬牙切齒地瞪著前來襲擊的馬克士威。

（在能預料到的發展中，這是最糟糕的情況……！既然境界門已經被破壞，我們就失去了逃離的手段……！）

然而這並不是他們必須面對的唯一困境。

耀拚命對下半身使力想要站起，雙腳卻完全沒有出現願意動作的反應。每次呼吸就會遭受肺部緊縮的感覺襲擊，指尖和舌尖也開始麻痺。

態。

她還記得這種感覺，恐怕她的身體現在正慢慢恢復成從父親那裡得到「生命目錄」前的狀態。

（該怎麼辦……？要是我不能戰鬥，就沒有人能戰鬥了——）

大鵬金翅鳥——春日部耀模仿最強種的神鳥，利用其壓倒性的戰鬥能力擊潰了阿吉・達卡哈的分身。然而她的身體卻回歸過去病弱時的狀態，彷彿這是那樣做的代價。如此一來，別說魔王，她只剩下比一般人還弱的戰鬥能力。

耀狠狠咬牙，抬頭望向站在自己前方的雙馬尾少女。

臉上還殘留著稚氣的少女，維拉・札・伊格尼法特斯。她張開雙手毅然佇立，就像是要保護耀。

馬克士威以確信勝利的眼神俯視維拉，甩著外套伸出手。

「我的新娘，下決斷的時刻到了！要為了讓難民逃走而跟我走呢？還是要捨棄難民，但還是得跟我走！妳可以選擇喜歡的做法！」

「嗚……好噁心……！」

維拉怕到眼中含淚，不過她的鬥志並未減弱。

既然春日部耀已經倒下，現在只剩下她能保護現場。無論對手是多麼可怕的魔王，這次也不能逃走。

維拉回頭看向越來越衰弱的耀，雙眸不安地晃動著。

馬克士威魔王是處於萬全狀態的耀和維拉兩人聯手才總算能勢均力敵的強敵。然而即使從客觀角度來看，關鍵的耀身上發生異變的事實也很明顯。倘若維拉一個人出手戰鬥，結果也顯而易見。

（而且就算我和馬克士威戰鬥……也無法讓大家逃走……！）

維拉臉色發白，身子微微顫抖。

她那份能往來生死境界的力量，無法讓活著的人類和生物跳越境界。

不，正確說法是即使能夠讓生物跳越境界，她也欠缺能讓門扉維持開啟狀態的力量，所以無法保證生命安全。恐怕只有死神以上的神靈們，才能讓生物活著通過生死之門吧。

相較之下，馬克士威的空間跳躍是在物質界之間往來。他那種能瞬間召喚出大量巨人族的力量，只能用「極為強大」來形容。

如果是他，應該不需要使用到被破壞的「境界門」就能讓難民逃離此地吧。然而為此——

必須把維拉的身體奉獻給這個魔王（跟蹤狂）。

光是想像都覺得恐怖……維拉的全身不斷發抖。

（好噁心……好可怕……但是……！）

她拿出刻有蒼炎旗幟的恩賜卡，咬緊嘴唇。

雖然外表像是個少女，但維拉也是共同體的領導人。

遇上被迫做出決斷的狀況，即使是讓人毛骨悚然的恐怖交涉，她也必須回應。更何況這次是同盟對象的「No Name」陷入絕境。

已經湊齊了所有足以讓她下定決心的理由。

「……馬克士威，如果我跟你走……你真的會讓大家……」

「趁現在！阿爾瑪！」

耀和維拉猛然抬頭。

剎那間，一道閃電竄過。

從森林樹叢中躍出的閃電透過摩擦生熱讓大氣膨脹，引發雷鳴。那一擊宛如電光石火，瞄準浮於半空中的馬克士威一直線衝去。

這完全是出乎意料的一擊。沉浸在勝利陶醉裡的馬克士威甚至還來不及移動視線，阿爾瑪特亞的角就已經刺入他的側腹。

阿爾瑪特亞並沒有減緩攻勢。

「確實打中了……！主人，請追擊！」

「我明白！」

飛鳥一邊回應，同時從酒紅色的恩賜卡中取出三顆寶珠。

接著她揮動破風笛，被賦予模擬神格的寶珠化為放出最高等級熱度的光球，切斷並貫穿馬克士威的四肢。兩人雖然已經消滅了他的右半身和左下半身，但追擊並沒有就此結束。

燦爛炫目的閃電集中在神獸的毛皮上。

這據說能和天空神的雷霆相匹敵的神雷讓對象從元素等級開始崩壞。

馬克士威明明身受連噴出的鮮血都會被瞬間蒸發的閃電攻擊，然而卻以看著小蟲般的眼神俯視眾人，無情地宣告：

「……妳們以為這種程度的熱量，可以抑制我這份戀情的熱意嗎？」

「怎……怎麼可能……！」

毫無疑問，連雙頭龍都能葬送的模擬神格級炎熱燒光了馬克士威全身。明明是這樣，他的身體卻聚集雲霧，不斷瞬間修復。

這很明顯是必殺一擊。然而馬克士威卻像是受到涼風吹拂，以毫無感慨的視線捕捉飛鳥的身影。他的反應並不是在逞強。

縱使神雷現在依舊貫穿他的身體往前竄，馬克士威也全然不感到痛苦。

「這是……主人，請抓緊！我要暫時拉開距離！」

感覺到危險的阿爾瑪特亞以蹄尖踢飛馬克士威並退開。在這段期間內馬克士威也繼續修復受損的身體，只花幾秒就復原成原本的模樣。

這並不是神靈擁有的回歸能力，也不是蛟劉具備的超耐久力。阿爾瑪特亞甩動先前貫穿馬克士威的角，探索隱藏在他身體裡的謎團。

——「馬克士威妖(Maxwell's demon)」的靈格，是為了指責熱力學第二定律的矛盾，在進行學術性思考實驗後設想出來的理論。

先假設能觀測分子運動的存在「Ｘ」，而這個「Ｘ」是把正與負的分子分別區隔於不同的空間，並透過製造出熱量差異，能在避免散佚的情況下行使能量的存在。所以他的空間跳躍只不過是隔絕分子時會使用到的能力的一小部分，馬克士威妖真正讓人畏懼的恩賜，其實是他的永久性。

然而馬克士威妖的靈格應該曾經遭到否定，並降級成依循熱力學第二法則的低級惡魔才對。雖說無法確定他的靈格具備多少能量，但透過模擬神格進行極大化的光熱會顯現出物理現象中最高等級的熱量。但是即使受到這光熱的直接攻擊，馬克士威的靈格卻沒有一絲一毫的損傷。

（他和精靈一樣沒有實體嗎……？不，精靈靈格的根源應該也是質量或熱量這類存在於物質界的法則。因此就算沒有實體，只要以凌駕靈格的能量攻擊，就能讓對象無法繼續存在……這樣才合乎道理。）

那麼，馬克士威的復原能力應該是偽裝成不死性的某種再生能力。只要多次以飛鳥使出的強大無比攻擊直接擊中，最後總能殺死他吧。

另一方面，依然毫髮無傷的馬克士威做出拍掉外套灰塵的動作，以興致遭到打消的無感情眼神俯視眾人。

「哼……看來就連神獸似乎也無法查明我的靈格。算了，像妳這種跟不上時代的古神（老人），哪有辦法對抗身為最新魔王的我。」

「……只活了幾百年的小鬼講什麼大話。你的存在價值似乎多少有受到認同，但箱庭裡的靈格並不是僅針對力量的強弱。你該不會認為只憑區區幾百年的靈格，可以擊碎長久以來都守護人類史的我等吧？」

阿爾瑪特亞嘶鳴一聲，對馬克士威的言論嗤之以鼻。

在箱庭中，存在的時間愈長，靈格也會愈強。這與其說是恩惠，不如說是為了讓遍及存在於時間流上的箱庭得以成立才設下的自然法則。

即使年表存在於同一時間，只要沿著文明的演化樹前進，彼此的出身一定會出現先後的差距。

不同的兩個存在互相衝突，一旦出現古老那方完全消滅的情況，外界的歷史就有可能從根本瓦解。

為了防止像這類在微觀（Micro）和宏觀（Macro）單位上不能無視的廣範圍悖論，採用的預防措施之一，就是「愈長壽的靈格愈有力量」這恩惠的真面目。

萬一還是發生古老一方消滅的狀況，會根據幾個例外處置進行再召喚——換句話說，就是會施行再生。至於再生後是被消滅的本人，還是不同可能性的別人，只能看再召喚者當下的心情。

「馬克士威，你的不死性並非來自箱庭的後援。光是能明白這一點，也算是很大的收穫。只要查明殺死你的方法，那麼一擊摧毀你的靈格也是有可能辦到的事情——不是這樣嗎，馬克士威『惡魔（Paradox）』？」

要殺死對策已被探知的惡魔，是再容易不過的事情。

拿飛鳥的恩惠和馬克士威的靈格相較，飛鳥擁有不可動搖的優勢。然而馬克士威卻壓抑著瞧不起人的笑聲，像是在否定阿爾瑪特亞的這種想法。

「哼哼……所以我才說妳是古神（老人），學歷真低。」

「……什麼？」

「別以為自身的神群永遠都會是勝利者。因為至少在我等魔王聯盟建立起的時代中——沒有準備給你們這些傢伙的位置！」

瞪大眼睛的馬克士威張開雙手，引起足以吞沒這一帶的大風雪。

以為他打算把自己等人連同難民們全都一起解決的飛鳥她們感到一陣緊張，但這個男人的惡劣程度卻遠超過眾人的想像。

「召喚（Summon）．『冰結境界（Phrase gate）』——從地獄之窯中現身吧，三頭龍的眷屬們！」

「他說什麼！」

壓住頭髮的飛鳥在暴風雪中發出慘叫般的喊聲，然而這喊聲卻被更激烈的吼叫蓋過。

在視野變差的狂暴風雪另一端，傳來地鳴般的腳步聲。

而且數量還不只一兩個。

來自所有方位的地鳴形成數十個相疊的聲響，逐漸逼近難民們。每一個聲音散發出的驚人

存在感，讓衰弱的耀露出更加蒼白的臉色。

「這是阿吉．達卡哈的分身體……！不好！現在遭受攻擊會全滅！」

「馬克士威，快住手！我會接受你的要求，放過耀他們吧！」

維拉發出懇求般的悲痛喊叫。已經沒有時間抱怨，即使快一分一秒也好，現在需要儘快的決斷。

她以畏懼的眼神仰望馬克士威。

對方從上空凝視著維拉，換上轉變了一百八十度的慈愛笑容，開口說道：

「不行。」

「……咦？」

「我試著冷靜下來思考，這才發現妳的態度有點過於殘酷無情。哎呀～我是能理解那也是因為有愛才會做出的表現啦，就是人類所謂的傲嬌吧？就連我也懂這個喔。我記得……應該是表現出反抗態度，但內心卻覺得即使被男人毆打也想要遭受蹂躪的狂熱愛情表現之一。雖說那樣也不錯……不過我更想要再坦率又直接一點的愛。」

——如果是我的新娘，應該不用明說也能理解吧？

馬克士威如此宣稱，彷彿在表示兩人之間有著不需言語的關係。就像是平日在和伴侶說話那樣，他以若無其事的聲調要求維拉講出自己現在最希望聽到的話語。

「Once more！維拉！讓我再聽一遍妳的誓言吧，我的新娘。要當我的伴侶，彷彿在傾訴永遠之愛！握起雙手，以向神祈禱般的態度宣告誓言！維拉・札・伊格尼法特斯！」

維拉身體一震，整個人縮了起來。

受到威嚇的她臉色發青，淚眼汪汪地跪下。維拉很清楚馬克士威陶醉時有多瘋狂，但現在的他更加危險。平常那裝模作樣的紳士態度已經消失無蹤，帶著充血雙眼和狂暴語氣逼迫維拉。

雖說對自身勝利的確信大概也是理由之一，但原本他的本質就是這類人。即使是奉獻愛情的對象，也要用自己的力量強制對方屈服，不合心意的發言和事實全部會被他曲解成對自己有利的解釋。

他的要求不需要對方的意志，那種東西完全不可以存在於彼此之間。

以統治者身分單方面接受周圍納貢的存在。

這就是馬克士威魔王的本質。

「嗚……這傢伙……真的惡劣到極點……！」

飛鳥咬牙切齒地聽著兩人的對話。

身為一名女性，雖然馬克士威的言行輕易地突破了憤怒的沸點，但飛鳥並沒有愚蠢到無法理解現狀。

道路前方升起的煙，突然響起的爆炸聲，還有維拉和他之間的交涉。

飛鳥沒花多少時間，就明白「境界門」已被破壞。

（不能把維拉交給這種低劣的人……可是……！）

飛鳥側眼看了看耀。按照耀那種注重同伴的個性，現在應該是她早就奮不顧身衝向敵人才算正常的狀況。結果她的雙腳卻依舊不自然地癱軟無力，完全沒有表現出願意動作的反應。

所以飛鳥立刻明白，耀也發生了某種意外。

（雖然很在意阿吉・達卡哈那邊的情形，但黑兔和珮絲特也讓人擔心。她們兩個不在這裡嗎……？）

飛鳥在暴風雪中尋找黑兔她們的身影。

她離開時把黑兔託付給「Salamandra」的衛兵照顧，但現在既然有大量的雙頭龍來襲，彼此分開反而比較危險。

在只有焦躁情緒不斷累積的狀況下，維拉嚴肅地開口發誓：

「無……無論是健康……或疾病……」

「聲音太小，Once more！」

「嗚！對……對不起……」

維拉的雙手在豐滿的胸前交握，稚氣的臉龐上滿是淚水和恐懼，拚命擠出的誓言也變了調。

焦急、害怕、悲傷等情緒讓她的思考更為混亂。

馬克士威對一直拖拖拉拉的維拉失去耐性，咂舌後舉起右手。

「唉……真是讓人頭疼的新娘，看來需要犧牲才能讓妳下定決心呢。」

他舉起的右手因為蒸騰熱氣而扭曲。在風雪中搖擺不定的影子慢慢形成人型，最後突然擁有一人份的質量。

看清隨著扭曲空氣在馬克士威手中出現的人物後，在場所有人的表情都完全結凍。

「黑……黑兔！」

飛鳥焦急大叫。黑兔應該已經和珮絲特一起去避難了，但對於能驅使空間跳躍的馬克士威來說，這點距離根本不成問題。

不明白發生什麼事的黑兔先眨了眨眼睛，才發現自己被馬克士威抓住，目前身陷險境。

「馬……馬克士威……！還有飛鳥小姐！耀小姐！」

「初次見面，月之神子。請原諒用這種形式召妳過來的無禮行徑。」

面露恭敬笑容的馬克士威抓緊黑兔。

飛鳥從那甚至透露出瘋狂的表情中察覺到危險，明白現在不是回顧狀況的時候。要是再不行動——黑兔就會有生命危險。

「阿爾瑪，衝過去！」

「可……可是，主人！」

「總之快一點！」

心知情勢刻不容緩的飛鳥從恩賜卡裡拿出「哈梅爾的破風笛」並大叫。阿爾瑪雖然因為情

況特殊而躊躇不決，但她畢竟不能違抗主人的命令。全身化為閃電的阿爾瑪以蹄緊踏地面往前奔馳。

從地上延伸出螺旋狀的雷光軌跡。

阿爾瑪特亞透過三個模擬神格化為天空的雷霆，沸騰著比先前更高的熱量接近馬克士威魔王。受熱膨脹的大氣發出轟隆雷鳴，震撼夜幕。甚至能和「軍神槍．金剛杵」相匹敵的力之洪流應該會讓周圍一帶化為焦土吧。

既然要交戰，就要一擊必殺。下定這種決心的阿爾瑪解放自己獲得的所有靈格，從完美無缺的堡壘轉化為一道雷霆。

「魔王馬克士威，受死吧！」

這是軌跡無法預測的神速一擊。避開黑兔，目標是頭部的一點。由久遠飛鳥所能準備的最強恩賜匯聚而成的這次猛攻——

卻在輕快的一聲「啪！」之後杳然無蹤。

「嗚！」

阿爾瑪的力量毫無預兆地消失。失去神氣的她雖然繼續趁勢往前衝鋒，但卻被馬克士威輕鬆躲過，只能維持著速度衝過森林，在大地上挖出一條溝。

「主……主人！妳沒事嗎！」

跌跌撞撞地勉強著地後，阿爾瑪立刻起身關心主人的安危。到了這時，她才終於注意到異變。

原本緊抓著自己後背，柔弱又纖細的主人——久遠飛鳥不見了。推測她可能摔落的阿爾瑪立刻巡視周遭，卻到處都找不到飛鳥的身影。

掉在地上的只有飛鳥用來收納恩賜的酒紅色恩賜卡。嚇出一身冷汗的阿爾瑪抬起頭，對著馬克士威怒吼。

「該……該不會……你這傢伙！把我的主人送哪裡去了！」

「這個嘛……畢竟那是瞬間做出的反應，所以也不知道她是掉進海裡，還是被我扔在山中……總之，只是順序提前了而已，根本沒什麼大不了。」

馬克士威以毫不在意的態度隨口回應。

然而「No Name」一行人卻遭受無法估量的絕望襲擊。

久遠飛鳥雖然是個擁有絕大才能的少女，她的身體卻和普通人類無異。即使能統率神珍鐵巨人和金鋼鐵神獸等強大無比的恩賜，她個人的力量卻不高。

在這種狀況下，她被隻身棄置於廣大的箱庭中。

這是和放逐沒兩樣的致命攻擊。

「你……你居然做出這種事……」

黑兔狠狠地瞪著馬克士威，抖著聲講出這句話。她從未碰過被無力感摧毀至此的瞬間。如果她還處於萬全的狀態，肯定早就不顧一切地舉起必勝之槍攻擊對方了吧。

雖然黑兔擠出全身力氣試圖掙脫馬克士威的手臂，但她的身體能力也已經降低到普通少女的水準。無論她再怎麼用力，束縛都沒有減輕。

事已至此，黑兔乾脆對著下方的耀等人大喊：

「耀小姐！維拉小姐！請別管人家，打倒這個惡徒吧！兩位的力量必定能——！」

「真是囉唆的神子。」

啪！馬克士威打響手指。之後黑兔的身影也突然消失，連殘像也沒有留下，宛如遭到神隱。

已經沒有必要再說明。

黑兔也和飛鳥一樣，被丟往廣大箱庭的某處。

而她的現狀，是一名失去靈格的無力少女。

「馬……馬克士威……！」

「真可憐，這全都是妳的錯，維拉。要是妳願意早一點回答，就不會發生這種事。」

這是誇張的責任轉嫁行為，然而馬克士威真心如此認為。

當他的魔手正準備伸向耀時，維拉發著抖擋在耀面前。

「住……住手……！我……我會乖乖聽你的話……！」

「維拉……！」

知道耀狀態不佳的維拉擠出最後的勇氣，挺身庇護她。

然而另一方面，耀卻只能癱在地上旁觀事態發展。

失去功能的雙腳甚至連感覺都還未恢復。

別說戰鬥的力量，連健康的身體都離她而去。

無論是第一次交到的朋友，或是證明友情的恩惠……原本已獲得的滿懷寶物卻在才剛為消失而感慨的下一秒，就從春日部耀的手中一一漏失。

連唯一還留在手邊的東西，也就是和父親之間的聯繫──「生命目錄」，現在也僅僅是個平凡的木雕。

（可惡……可惡，可惡！為什麼在這種關鍵時刻，我的腳卻動不了……！）

無情的現實沿著無法使力的雙腳往上爬，她失去的東西不只是力量。

還有重要的朋友，以及和宛如家人的同志們共處的時間。過去她那麼渴望得到的一切，現在卻虛幻得宛如一夜夢境，逐漸消失。

耀有點想哭。

悔恨化為淚水，在她的臉頰上劃出一道水痕。

注意到她臉頰發出的反光後，馬克士威抱著肚子大笑了起來。

「哈……哈哈哈哈哈！只不過是失去同伴這種程度的事情，居然讓妳悔恨到流淚嗎！居然讓妳哭了！但是妳父親讓我受到的屈辱，可不僅僅是這樣！」

「閉……閉嘴！」

耀以最大音量對著馬克士威怒吼，然而反作用力卻讓病弱的身體因此咳嗽痙攣。

她心裡充滿難以抑制的滿腔憎恨。雖然自己在這種惡劣傢伙面前示弱也是原因之一，然而更大的理由，是因為這男人斷言失去同伴只是「這種程度的事情」。

就算「生命目錄」沒有發揮功能也沒關係。

至少……要是雙腳能夠行動，耀早就拚死與對方一戰，表現出抵抗的意志。然而她的雙腳卻像是被鍊住一般，一動也不動。

這份無力感和悔恨感化為淚水從她眼中滴落。

耀無法表現出抵抗的力量和意志，只能像具屍體躺在地上。

人生曾經遇上如此嚴重的屈辱嗎？耀深深感受著不斷落下的脆弱淚水，當場崩潰。

「哼哼……既然已經出了一口氣，就來最後收尾吧，我的新娘。」

「嗚……啊……嗚……」

看到耀屈辱的模樣和維拉畏懼的態度後，馬克士威臉上交替出現恍惚和憤怒的表情。周圍傳出雙頭龍們造成的地鳴聲，還有猛獸的咆哮聲。

既然現在「境界門」已經被破壞，除非借助馬克士威的力量，否則沒有其他能逃離這絕境的手段。無論是耀還是阿爾瑪特亞，都只能悔恨地咬牙旁觀眼前光景。

即使拚命思考該怎麼辦，卻無法找出任何對策。

——在「煌焰之都」發生的戰事，就此閉幕。

第一章

大地慘遭蹂躪，同胞的榮耀被狠狠踐踏。

耀像是接受敗北般地放掉手腳，把身子委交給大地。

問題兒童都來自異世界？

——即使如此也要站起來。

這時，從遠方傳來的聲音，在春日部耀的靈魂深處迴響震盪。

「……咦？」

咻～已經接受敗北的內心吹過一陣風。

趴在地上的耀不經意地抬起頭

周圍沒有變化，依然被暴風雪染成一片白。而在暴風雪的另一邊，引起地鳴聲的雙頭龍也應該正在持續逼近。然而卻很奇怪，明明可以感覺到雙頭龍如此接近，他們卻遲遲沒有展開襲擊難民的行動。

對於很清楚雙頭龍凶暴性的耀來說，這是明顯的異常狀況。

就像是有眼睛看不到的巨大屏障阻擋著他們。當耀產生這種錯覺的那瞬間——眼前的馬克士威突然遭到激烈旋風形成的利刃襲擊。

「什麼！」

「GEEEYAAAAAaaa！」

受到意外襲擊的馬克士威發出驚訝的叫聲。沒有預料到自己會遭受攻擊的他在旋風的作用

下猛烈翻滾，最後重重撞上大地。

然而攻擊並沒有就此結束。

被超壓縮的大氣漩渦接二連三來襲，造成視界扭曲。讓人驚訝的是，這些旋風來自看不見使用者身影的遠方，而且明明隔著這樣的距離還能全數命中。顯見使用者能力不凡。

「誰……是誰……！」

一開始所有人都誤以為那是來自雙頭龍的攻擊。

然而馬克士威受到的襲擊，卻是匯聚大氣後再使出的旋風一閃。

和先前的雙頭龍招式雖然類似卻又不同。當咆哮聲第二次響起的那瞬間，只有耀察覺那並不是雙頭龍的叫聲。

「這聲音……不是雙頭龍。」

縱使五感劣化，她過去眼見耳聞的經驗也不會消失。更何況耀覺得自己應該曾經在哪裡聽過剛才的咆哮聲。

那是勇猛的叫聲，而且讓人懷念。在她即將想起這聲音屬於誰的那瞬間——耀的視線中突然映出從天而降的發光物體。

「發光的……羽毛，還有羊皮紙？」

數不清的羊皮紙和閃閃發光的羽毛一起從空中落下。這些跟羽毛一樣綻放出燦爛光輝的羊皮紙比星光更加強烈，劃破夜幕往下飄落。

「不，不只有這些！請看那個！」

仰望著天空的阿爾瑪發出彷彿看到難以置信光景的叫聲。受她影響的耀把頭也抬起後，同樣驚訝得說不出話。先前已經失去理性的難民們也一樣，還有人懷疑自己的眼睛，把雙眼揉到泛紅。在天空中出現的「那東西」就是如此異質而巨大。

耀抖著嘴唇搖著頭，覺得實在無法相信。

「飛行於空中的……城堡？怎麼可能！那東西應該在『Underwood』才對啊……！」

沒錯。耀很清楚那個讓眾人驚惶仰望的巨大黑影到底是什麼。

依然滯留在「Underwood」上空並被放置不理的吸血鬼空中堡壘——「SUN SYNCHRONOUS ORBIT in VAMPIRE KING」的舞台現在卻出現於耀等人頭上的遙遠高空中。

「喂！快看那個旗幟！」

某個啞然凝視這光景的「Salamandra」成員突然指著城堡上飄揚的旗幟大叫。他們看清映入眼中的旗幟後，立刻察覺是誰在那個城堡裡。

「是『龍角鷲獅子』的旗幟！」

「是莎拉大人！莎拉大人回到『煌焰之都』了嗎！」

「不光是那樣！並排在兩側的旗幟……難道是……」

難民們七嘴八舌地喊著。不只獅鷲獸之旗，他們還看到了其他旗幟。

金翅神鳥、相剋之蛇、相對雙女神……每一個都是超強大共同體的旗幟，但最吸引眾人目

光的是一面特別輝煌的旗幟。

那是描繪著黃金稻穗與從地平線升起的太陽，還有立於其中心的女神——不，女王的旗幟。

在諸神之庭中擁有獨一無二稱號的魔王。

箱庭三位數「Queen Halloween」的旗幟正在城堡最高的位置隨風飄揚。

「是女王！女王的旗幟！」

「就是那位可以和白夜叉大人相匹敵的魔王嗎！」

「但是女王她……那個女王居然為了箱庭挺身而出……？」

負責在隊伍最前方領頭的「Salamandra」的曼德拉驚訝到聲音都在顫抖。

無視於滿臉驚訝的難民，南區的幻獸們接二連三從空中城堡出現。然而事態的驟變不只如此，先前沒表現出攻擊跡象的三頭龍分身也全都露出獠牙，發出淒厲吼聲襲擊難民。曼德拉拔刀大叫：

「火龍分成兩支部隊擊出榴彈！亞龍圍住難民並鞏固防守！要和『龍角鷲獅子』的成員們一起引導難民逃往城堡！」

「遵命！」

火龍原本約有四千隻，但三頭龍引起的龍捲風讓目前數量縮減到只剩三分之一左右。要抵擋這些神靈級而且數量還不只一隻的分身體，即使和「龍角鷲獅子」的同志聯手，戰力也遠遠不足。

（援軍不會只有女王。雖然無法確定姊姊召集到多少軍力……但至少要爭取到能讓難民們逃走的時間……！）

就算援軍再怎麼可靠，但無論在哪個時代，所謂的聯合軍都必須花費一段時間才能整合步調。所以根據情況演變，必須先做好為了爭取時間不惜玉碎的決心。當火龍和曼德拉等人胸中都湧上拚死之志時，他們腳邊的影子蠢動成不尋常的形狀。

「好啦好啦，快住手。你們還有其他任務，可別無謂犧牲。」

「是……是誰！」

「居然問我是誰，實在欠缺禮儀。畢竟我可是從你小時候就認識你，或者——咿哈哈哈哈哈！我必須用這種笑法，才能讓你想起來嗎？」

蠢動的影子如受熱的空氣般不斷晃動，接著轉變成人型。

圓頂硬禮帽和燕尾服，還有那粗魯又鄙俗的笑聲。

曼德拉領會到對方究竟是誰，臉色瞬間變得一片慘白。

「你……不……您是……！」

「……就是這麼一回事。避難就交給我負責，你們專心在防守上。就算雙頭龍的分身是神靈級，但才剛出生的牠們並不是那麼強大，火龍應該能爭取時間。當年拋棄同盟的不義行為，就在此好好償還吧。」

蠢動的影子只留下這些話，然後就消失無蹤。

依舊臉色蒼白的曼德拉抖著嘴唇，握緊刀柄。他下令待機的火龍們鞏固防守後，抬頭仰望天空，心想該來的時刻終於來了。

（是嗎……總算回來了嗎……！）

問題是，有哪些人回來了？根據答案，將會大大改變戰況。然而，對這些的考量已經不是自己的任務。舉起劍的他胸中懷抱著安心感和一絲高昂感，對著雙頭龍發動突擊。

「龍角鷲獅子」的有翼幻獸們也跟著他行動。

雖然他們之前因為和十六夜等人的小衝突，導致身為航空戰力關鍵的「二翼」成員出現缺額，不過現在已經以新同志的希臘怪鳥——斯廷法利斯為中心，重新進行編組。擁有青銅羽毛和猛毒恩賜的牠們從口中吐出毒霧障壁來鞏固防線。雖然對雙頭龍頂多只能發揮讓對方行動變慢的效果，但現在光是這樣就十分足夠。

為了避免毒霧波及難民，有一些幻獸刮起旋風。

其中有一隻特別迅速的幻獸。

鷲的上半身和獅子的下半身。這隻同時擁有陸空王者的身體，卻為了朋友失去羽翼，重譽高潔的獅鷲獸背上載著莎拉．特爾多雷克，直直降落到耀的身邊。

「耀小姐！太好了，妳沒事吧？」

「莎拉！妳為什麼在這裡？」

「怎麼還問為什麼！當然是來幫助你們！」

「可……可是……我們又沒有組成聯盟……」

「說什麼傻話！幫助朋友根本不需要理由吧！」

甩著紅髮的莎拉毫不猶豫地回答。仔細一看，她額頭上冒出了大量的汗水，顯見她必定是急忙完成戰鬥準備就趕來此地。

莎拉沒有理會反射著光芒的汗水，直接從獅鷲獸的背往下跳。她大口喘氣的動作帶動肩膀上下起伏，頭髮也已經散開，這凌亂的外表完全不是一軍之將該有的樣子。

然而莎拉卻毫不在乎這些事，她的眼中帶有安心的神色。

能趕上真是太好了。

高舉著獅鷲獸旗幟的莎拉直接而有力地說道：

「耀小姐，我等是曾並肩對抗魔王的戰友。所以當同胞身陷險境時，怎麼可能不趕來救援——是這樣吧，格利大人。」

無翼的獅鷲獸也發出野獸的低吼聲，表示贊同。

失去「生命目錄」恩賜的耀雖然無法聽懂獅鷲獸的語言，但就算不靠語言，她還是能明確理解對方在說什麼。

（……嗚……）

耀靠著毅力強忍住幾乎又要奪眶而出的淚水。

來到箱庭後她第一個交到的幻獸朋友，也是第一次參加遊戲時面對的敵手……正是獅鷲獸。

從他那裡獲得的恩惠，曾經多次拯救耀脫離危機。

即使形容和獅鷲獸的友情證明就是春日部耀在箱庭的軌跡本身，也不算言過其實。雖說她現在失去了獅鷲獸的力量，但春日部耀在箱庭度過的軌跡並不會一併消失。正是因為這樣，這名獅鷲獸朋友現在如此表明：

──「吾友，我來幫助妳了。」

「耀小姐，這裡還有危險。妳先暫時和難民們一起退回城裡吧。好了，請坐到格利大人的背上！」

莎拉拉近轡繩，在鞍上調整出一人份的空位。

耀擦去快要落下的眼淚，搖了搖頭把同伴的窘境告訴莎拉。

「莎拉，先不必管我們，快趕往『煌焰之都』。」

「……？為什麼？」

「十六夜正在一個人戰鬥，要是再失去他，就沒有人能阻止魔王。」

她以極為冷靜的語氣解釋，然而莎拉並沒有聽漏這番話裡隱藏的含意。莎拉環視耀的周遭，確認沒有她其他同伴的身影後，臉上露出苦悶的表情。

「抱歉，我們似乎晚到了一步。」

「……不，要是莎拉你們沒有趕來，連我也很危險。總之現在更重要的是十六夜……」

「不需要擔心那邊。」

莎拉以強而有力的肯定語氣打斷了耀的發言，然後把她抱起。

接著舉起右手在空中一揮，拿出一張羊皮紙。

「我等並非毫無理由才這麼晚趕來。已經有救援前往他的身邊，而且是我等現在能準備的最強戰力。」

來此營救的人並非只有「龍角鷲獅子」的同志。

隨著莎拉的宣言，羊皮紙也散發出更耀眼的光輝。

知道這張發光羊皮紙是什麼的耀雖然身處險境，卻覺得自己的心跳逐漸加快。如果這張閃耀的羊皮紙內容真如她的推測，那麼這就是最可靠的東西。

莎拉露出無畏的笑容，高舉起手中的羊皮紙——

這瞬間，眼前的所有景觀都突然崩壞，世界完全改變。

＊

連在荒廢都市裡戰鬥的逆迴十六夜和阿吉．達卡哈，也被這異變籠罩。

「什麼……！」

「————！」

十六夜正衝向三頭龍阿吉·達卡哈使出拚死的攻擊，卻被突然在大地上出現的隆起物往上推而被迫中斷。

因為兩人的衝突而崩毀成新月形狀的巨大山峰就像是經過人工整理，轉變成鋪著石板的都市街道。

在大地上接連出現的隆起物也像是被切削般地改變外型。十六夜沒有花費多少時間，就看穿那是妝點著尖塔群的虛飾城鎮。

橫斷城鎮的大河上架有大橋。

放眼望去隨處可見的尖塔群。

還有那個要稱為象徵可說是過於有名的巨大鐘塔。

十六夜被送往那個有著鐘樓的巨大鐘塔上，以像是在懷疑自己眼睛的態度喃喃說道：

「這是……怎麼回事？那個鐘塔……怎麼看都是倫敦吧……！」

「呀呵呵！正確答案！這充滿尖塔的城鎮正是我的故鄉！我的靈魂舞台！英國的首都——倫敦！……不過呢，這只是仿造品啦。」

身穿破布的南瓜頭在鐘塔的頂端現身。

抬起頭看了看他之後，在連續激戰中受了重傷的十六夜很快就無力地靠向牆壁，喘著氣癱坐在地上。雖然十六夜已經大致掌握到目前事態，但畢竟失血太多。掛在鐘塔上的時鐘激烈地左右搖擺，告知新的戰鬥即將開幕。

另一方面，十六夜身上已經連一丁點力量都不剩。耗盡最後力量的他露出諷刺笑容，對著傑克沒好氣地說道：

「可惡……既然要插手……該早一點來啊……！」

「呀呵呵！你說得對！……不，這不是可以用笑聲矇混過去的事情。實在是非常抱歉，為了中斷已經舉辦的遊戲，必須接受幾個懲罰……就連這個遊戲盤面，也是去強行請託擔任我監護人的聖人幫忙。」

「………」

「但是多虧有十六夜先生你幫忙爭取時間，我們才把能找來的所有……沒錯，所有戰力都湊齊了！是你如獅子般英勇的奮鬥，為大家維繫起希望！」

傑克擺動著南瓜頭，以極為感動的態度搖晃身上的破布。

「請把接下來的事情交給我們，先去休息吧。別擔心，傷勢方面會有辦法處理！根據蕾蒂西亞小姐所說，『No Name』的倉庫裡保管著獨角獸的角——」

在逐漸朦朧的視界中，十六夜看到發出輕快笑聲的傑克動手把自己扛到肩膀上。

這是他維持意識清醒的最後時間。

雖然十六夜一向被評論為超乎常理，不過凡事都有限度，意識跟生命能撐到現在只能說是奇蹟。而且雖然傑克的外貌看起來不太正經，但十六夜很清楚他的實力。既然這個南瓜頭說可

以交給他，那麼也不需要太過擔心吧。

十六夜閉上眼睛放鬆力氣，把身體靠到南瓜頭上。

＊

——另一方面，同一時刻。尖塔群出現後，都市的異變現象仍舊沒有停止。浮出大地的城鎮受到巨大的地鳴聲襲擊。

「……哼！」

三頭龍阿吉・達卡哈依然保持不動，以原本的姿勢昂然挺立，旁觀事態發展。對於擁有「弒神者」這異名的他來說，這點程度的世界變化根本沒什麼稀奇。雖然持續響起激烈的地鳴聲，大鐘樓也傳出聲響，但並沒有什麼好焦急。

勝利者從一開始就已經確定。

既然如此，至少等待對方發表開幕精彩橋段的開場白，就是身為魔王的禮儀。

「…………！」

三頭龍以泰然之姿等待挑戰者現身。

這時迸出兩道銳利的閃光，試圖貫穿他的後背。

三頭龍沒有回頭，只靠膝蓋動作跳起避開那兩道閃光。

一道是宛如蛇蠍的劍光，另一道是黑影形成的利刃。

劃出曲線猛攻的的兩道閃光翻動刀刃，追擊跳躍的三頭龍。斬擊就像是抬起頭擺出攻擊態勢的蛇，緊跟著三頭龍不放。

不把這攻擊看在眼裡的三頭龍立刻張開雙翼，試圖打退追擊。

這時三個頭之一捕捉到來自上空的襲擊者。看穿這是上下夾擊的三頭龍並沒有擊退劍閃，而是翻轉身體讓兩方襲擊互相衝突。

「嘖，被發現了嗎！」

明白上下夾擊失敗後，從天而降的眼帶男——「覆海大聖（翻覆大海之人）」蛟劉狠狠咂舌。他以不道地的方言咒罵後，取出兩根棍子彈開劍閃。不過，他並沒有就此收手。

蛟劉在落下的途中，把尖塔的外牆當成立足點改變軌道。

他踢飛發出嘎吱響聲的尖塔，衝向三頭龍。

「受死吧，三頭龍！」

蛟劉舉起必須用雙手抱住的巨大棍子，瞄準三頭龍最左邊頭顱的脖子底端。

在海底火山累積千年修行的一擊，可以匹敵從星之地殼噴出的氣息。連十六夜也嚐到吃癟滋味的這招甚至產生讓大氣泛起波紋的衝擊，逐漸逼近三頭龍。

「……無謂之舉。」

最後擊中三頭龍的脖子底端部位。

然而三頭龍的身體卻紋絲不動。

不只這樣，反而是棍子接觸到三頭龍的部分整個粉碎。沿著棍子傳進手中的衝擊力，讓蛟劉察覺蘊藏在三頭龍身體中的力量。

（這傢伙……！體內蘊藏的質量真的非同小可……！）

但同時，蛟劉也解讀出阿吉．達卡哈的恩賜。

（他之所以能夠大量產生那麼強力的分身體，肯定是靠著分割自身靈格並賦加到分身體上……！那麼，只要能反過來利用這特性……！）

雖然他度過了一段甚至被揶揄成「乾枯漂流木」的安穩年月，但戰鬥經驗卻十分豐富龐大。身經百戰的經歷不是徒負虛名。如果說十六夜與蛟劉之間有什麼決定性的差距，就是指這些戰鬥經驗。

蛟劉邊往下掉邊擬定戰術，並在著地的同時縱身一跳拉開距離。然而三頭龍並沒有好對付到願意輕易放他逃走。

張開雙翼的三頭龍以彷彿不受慣性影響的飛行逼近蛟劉。

那是超乎常規的速度。雖然蛟劉擁有靠著千山千海的修行而鍛鍊到極致的肉體，但看在他的眼中，那也是能喻為神速的速度。

姿勢有些失去平衡的蛟劉感到自己背後冒出冷汗，同時用剩下的另一根棍子瞄準三頭龍的眼睛攻擊。

擁有蛇般長脖的三頭龍靈巧地避開這一擊，露出利牙把棍子咬碎。這雖然是使用神話時代的精鐵製造成的武器，然而面對被喻為能吞沒大地的惡神之牙，脆弱得宛如塵埃。

在三頭龍高舉起巨大純白手臂的那瞬間——蛟劉露出笑容大聲叫道：

「就是現在！燒死他！」

當三頭龍逼近到整個身子幾乎要覆蓋住蛟劉的距離時，冒出足以燒焦地表的熱波。和羊皮紙一同飄落的發光羽毛突然轉變成炎熱，化為黃金風暴襲擊三頭龍。

三頭龍的上下前後左右都被包圍。然而對於遠比鋼鐵強韌的身體來說，這種程度的熱波與微風無異。三頭龍並沒有減緩追擊的腳步。

直到閃耀羽毛接觸到身體的那瞬間，他才察覺自己判斷錯誤。

連星之氣息都能抵禦的純白身體傳出肉被燒焦的味道。

即使還不足以算是受傷，不過面對這事實，三頭龍初次產生類似驚訝的感慨。因為在他的記憶中，從未碰過炎熱類攻擊傷害到自身的事例。

正如字面所示，「拜火教(Zoroastrianism)」是把火視為崇拜對象的宗教。

善神自不必說，連身為惡神的三頭龍也能承受其加護。分身體的神靈還另當別論，但講到能對最強種神靈造成影響的炎熱——

「……不，只有一種。」

四面八方都被包圍的三頭龍放棄追擊的念頭，朝向炎熱的密度還比較稀薄的正上方飛翔。

揮動凶爪撕裂炎熱的三頭龍在鐘塔前停留於半空中，俯瞰四周。

尖塔群和貫穿城鎮的河流，架在河上的大橋。

還有象徵倫敦市的鐘塔。

雖然不知道是誰，但對方似乎是召喚出了模仿英國首都——倫敦的景觀。

注意到城鎮象徵的鐘塔後，依然停留在空中的三頭龍伸手觸摸。

（外表還算新，差不多是建造後不到三十年左右吧。）

倫敦的鐘塔是在一八六〇年前後完成。

那麼這城鎮的召喚者可以限定為從那年代往後計算的三十年內——也就是和一八六〇～一八九〇年間的倫敦有關的主辦者。

但是「歷史轉換期（Paradigm Shift）」有可能產生以數年為單位的誤差。

因此只能判定粗略的聚合終結點，不過在這次的情況中，這點情報已經十分足夠。如果是整個英國史還算廣範圍，但限定與倫敦有關的話並不難特定。

還有另一件事。三頭龍抬起頭仰望天空。

——綻放出黃金光輝的火焰羽毛。

對天生神靈的身體能造成傷害的火焰極為稀少。再加上造型是黃金羽毛，那麼吻合的答案只有一個。

既然對方能把擁有此等力量的人帶來此地，表示下手者應該不只一兩人吧。

他再次俯瞰城鎮，三顆頭顱同時對主辦者們大吼：

「哼……你們也差不多該老實現身了！躲在暗處偷襲敵人是隱士的行徑！如果是試圖奪下魔王首級的英傑，就該出面宣揚主張！」

這彷彿會震撼天地的咆哮讓尖塔群發出嘎吱聲響。

河川水面揚起波浪，倫敦鐵橋也差點如童謠歌詞那般垮下來。

當雲海流向也因此改變的大吼陣陣迴響並逐漸傳向遠方時——

隨風飄揚的燦爛金髮從三頭龍的視線角落一閃而過。

「——明明兩百年前根本沒有表現出會說話的樣子，現在倒是變得相當饒舌。居住在地底的生活真的如此空閒嗎？」

柔順的頭髮美麗得會讓人誤以為是金絲，不過身上的服裝卻和平時不同。

在漆黑的騎士甲冑上披著外套的吸血鬼之王——蕾蒂西亞．德克雷亞散發出從平常的溫厚氣質根本無法聯想到的驚人霸氣，以凌厲的表情瞪著三頭龍。她的眼中充滿憤怒神色。

就像是要勸諫她，身穿白銀禮服盔甲的面具騎士也開口說話：

「蕾蒂西亞，上挑釁的當還真不像是妳的風格。按照原先計畫，應該要繼續旁觀戰況一陣子……」

「不不，蕾蒂西亞的行為才是正確答案。要是剛才沒現身，對方即使把整個城鎮掀翻也會把我們逼出來吧。」

「呀呵呵！拜託饒了我吧！要是在開幕前舞台就被毀，身為主辦者的我就太沒面子了！」

女王騎士，斐思·雷斯。

「覆海大聖」蛟魔王。

「Pumpkin The Crown」傑克南瓜燈。

蕾蒂西亞出現後，三人跟著也跳上尖塔的屋頂。

然而這樣還沒結束。

從天而降的羽毛散發出更強烈的光輝。

具備壓倒性神性的這些羽毛捲起漩渦，密度也逐漸增加。就連三頭龍也不得不只警戒起這個對手。

「——義兄，還有其他各位，談笑就到此為止吧。既然這名魔王希望我們宣揚主張，那麼我等也該以主辦者的身分表現出符合立場的毅然態度，這才合乎禮儀。」

一名身穿高雅服裝，舉止妖艷的女性拍著由金色火焰形成的翅膀降臨現場。那充滿威嚴的語氣和眼神，讓人只看一眼應該就能理解她是個支配者。

印度神話群中，有一個在「能和帝釋天相匹敵的王」這種祈願下誕生，據說會吞食惡龍的天生神靈。

那就是擁有對神、對龍恩賜的神鳥——大鵬金翅鳥的公主，鵬魔王。

「初次見面，『拜火教』的魔龍。我是迦樓羅天之子，『混天大聖（使天混沌之人）』鵬魔王。雖然身為半

神，但在和不成材義兄的緣份牽引下，來此與您相對——雖然相處時間不會太長，還請多多關照。」

鵬魔王以優雅的動作行了一禮。

雖然一舉一動都透露出豔麗之美，但視線裡的冷酷卻讓人聯想到身經百戰的猛者。猛禽般的銳利眼神緊盯著三頭龍，洋溢著彷彿隨時會發動攻擊的灼熱鬥志。

在充滿鬥志的她下方，蛟魔王帶著輕快笑容說道：

「你的對手可不只小迦陵一個。就算是最強的『弒神者』，我認為在面對不是神的傢伙們時也和最強種沒什麼差別。所以在少年挺身奮戰的期間，我們去調集了幾近全部的戰力。」

蛟魔王以灑脫的態度說道，然而事實並非如他所說的那樣簡單。

不小心被三頭龍掀起的龍捲風波及後，蛟劉明白敵人是龐大威脅，於是把三頭龍交給十六夜對付，自己則前往鵬魔王處請求救援。

另一方面，傑克也和蛟劉相同，前去拜見監護自己的聖人。

為了避免多流無益的血，他主動要求增加自身「主辦者權限」能使用的力量。遊戲之所以中斷，是因為必須受懲罰，還有遊戲本身也要重新構成(Reset)。

兩人原本打算立刻趕回，「境界門」卻被馬克士威魔王破壞，導致他們陷入想回也回不來的狀況。要不是出現預料外的救援者，蛟魔王和傑克恐怕無法前來戰場吧。

「呵呵……不好意思讓你久等了，差不多該開幕了吧。」

「是啊。雖然只有一名參加者實在不過癮，不過也沒差吧。反正想增加多少觀眾就能增加多少。」

「沒錯，畢竟也不好意思要他等到莎拉趕來——準備好了嗎，鵬魔王閣下？」

「嗯，想必那個大魔王也不會主張彼眾我寡的不利情況是卑鄙的行徑。」

鵬魔王掩著嘴角，露出豔麗的笑容。

三頭龍以六隻眼睛俯視著這份從容、這份自負、還有這份傲慢——

「……的確，我不在意。」

「什麼？」

聽到這毫無感情的回答，鵬魔王不由得反問。

三頭龍轉動脖子發出「喀喀」聲響，三對紅玉眼眸泛出光芒，臉上掛著嘲笑。

「我說我不在意。所謂魔王，其存在本身已經是不共戴天之敵。換句話說，魔王正是與全世界為敵的人，別無其他解釋——彼眾我寡的不利？哼！別笑死人了！若無法法以寡擊眾，算什麼魔王！」

魔王釋放出氣焰萬丈的王威，大聲怒吼。這壓倒性的霸氣打消身經百戰勇士們的從容，不允許他們心中留下任何自負。每一個人都吞下口水，胸中湧上死鬥的預感。

蛟魔王、傑克、蕾蒂西亞還有鵬魔王的靈格開始膨脹。

他們都擁有能以一擋千的實力，但現在膨脹的靈格卻和平時完全不可一概而論。模仿倫敦

的舞台在地鳴聲中搖晃，敲響大鐘樓裡的大笨鐘。

「是嗎……既然是這樣，就不需要手下留情！接招吧！『人類最終考驗』——！」

四人各自拿出散發著不同光輝的羊皮紙。

三頭龍蹲低，以四肢撐著大地，擺出野獸般的姿勢。

在大鐘樓的鐘聲響遍整個城鎮的同時——四人一起宣布遊戲開幕。

＊

——回溯一些時間。

馬克士威被神祕的突襲打飛，因此沒有被邀入模仿倫敦的舞台，而是被丟進山中。

外套破破爛爛，端正的面容上沾著鮮血。雖然憑他的力量瞬間就能修復這點程度的傷勢，但現在的馬克士威完全沒有這種精神上的餘裕。

襲擊他的旋風，是把暴風壓縮到極限的力量漩渦。如果和剛才那一擊相比，獅鷲獸和春日部耀操縱的風根本連微風也算不上。

馬克士威對確實夠格被稱為疾風迅雷的這份力量還有印象。

（該不會……是那男人……？）

在三年前——讓趾高氣揚來到箱庭準備迎接新娘的他遭受慘重痛擊的人。那時馬克士威也曾經受到相同的一擊。受到兩次相同阻撓的馬克士威怒氣爆表而有些恍惚，把身體靠在岩石上。

即使現在回想起來，那也是讓人幾乎全身寒毛直豎的實力。在那一戰中，馬克士威以新銳魔王的身分前來箱庭的自傲遭到粉碎，還讓他受到長達三年間都避免接觸維拉的傷勢。如果那時帶來此等屈辱的對手，如今再度在他面前出現——

「這是何等……何等僥倖！」

馬克士威表現出瘋子般的樣貌，抓著頭髮隨意站起。他長年以來都在等待可以報仇雪恥的一天，而且馬克士威現今甚至擁有高達四位數的力量。

無論在哪個時代，復仇都是甜美滋味。這甘美的誘惑和意圖以力量強占新娘的支配欲望相比，是有過之而無不及。

因為馬克士威魔王就是為了滿足這份以最新銳魔王之姿誕生的自尊心——才會服從那個詩人。

這時草叢裡突然傳出年幼少女的聲音，就像是在嘲笑興奮激動的他。

「……真的令人難以相信，居然破壞『境界門』，這對魔王們來說也是禁忌啊。我有點太看輕新銳跟蹤狂的行動力了。」

少女甩著柔亮長髮，似乎很不以為然地喃喃說著。她身上雖然穿著無袖上衣搭配迷你裙的輕便服裝，但在寒冷的夜晚裡也和平常一樣快活。

「我還以為是誰，原來是軍師大人啊。妳來得正好，我現在要去迎擊那個男人。所以不好意思，妳能代替我把維拉帶過來嗎？」

聽到馬克士威的要求，少女——鈴以過度不屑反而無話可說的表情昂然佇立，並用力點頭像是在確認什麼。

「嗯～該怎麼說？其實不需要馬克士威先生你特別吩咐，我已經把維拉小姐綁來了。」

——啥？馬克士威愣愣地回了一句。

然而鈴卻無視馬克士威的反應，輕巧往後轉身，面向在背後待機的仁．拉塞爾和珮絲特。

「好啦～雖然和預定有很大的差異，但難民應該暫時平安吧？這樣可以算是已經締結停戰條約了嗎，仁？還有珮絲特也是。」

全身僵硬的仁似乎很緊張地搖搖頭，搞不清楚狀況的維拉則含著眼淚陷入混亂。

「還沒，因為關鍵的契約還沒履行。」

「是啊，畢竟我們還特地幫忙抓住維拉，要是沒拿到最大的報酬，那可不划算。」

珮絲特站在雙手被銬住的維拉身旁，不帶惡意但也沒好氣地回答。維拉是被趁亂接近的珮絲特突然用鎖鏈銬住，還被帶來這種地方，當然會感到混亂。

鈴沒有理會這樣的維拉，笑容滿面地點頭回應：

「當然，我也會遵守那約定——大家準備好了嗎？」

語畢，她移動視線。鈴身邊的人並不是只有仁一個。

有漆黑的西洋龍，跟一名看起來像是魔法師，用長袍蓋住臉的女性。

還有穿著純白色正式服裝，但領口部分有些凌亂的白髮金眼少年——被稱呼為殿下的他也雙手抱胸，在旁待機。

無法理解眾人對話的馬克士威一臉詫異地瞇起眼睛詢問：

「……妳在說什麼，軍師大人？」

「哎呀，這種事不是很明顯嗎♪」

臉上依然掛著悠然笑容的鈴拔出小刀，對著馬克士威宣布：

「『馬克士威·悖論』。我要以掌控者的權限，來剝奪你的地位並換上別人。也就是要拿走二一二〇年出現的『歷史轉換期（Paradigm Shift）』——『第三永動機』的靈格。」

——北區，未開拓的樹海。

在蛟劉等人使用「主辦者權限」舉辦新遊戲的時候。

穿透樹海縫隙往下撒的月光讓黑兔醒了過來。

「嗚……？」

「太好了，妳醒了嗎，黑兔？」

身旁響起極為熟悉的聲音。

黑兔把臉往旁邊一轉，久遠飛鳥放心的表情就映入眼中。

「飛鳥小姐……這裡是……？」

「……不知道，我們兩個好像都被馬克士威丟到這裡……不過有被丟到黑兔附近算是運氣很好，要是只有我一個，一定會非常不安害怕。」

飛鳥說完後站了起來，拍掉已經破破爛爛的禮服長裙上的塵土。仔細一看她的鞋子少了一隻，頭髮也比被傳送前凌亂很多。雖然剛剛她表示就在附近，但其實走了不少路吧。黑兔愧疚

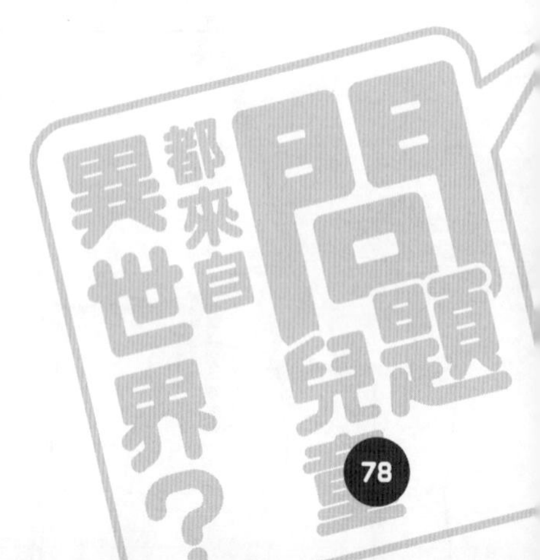

地垂下視線。

「真是非常抱歉，都是因為人家被抓才會發生這種事……」

「噢，不用說那種話啦。我們是同一個共同體的伙伴啊，本來就應該互相幫助。」

飛鳥毫不介意地朝著前方挺起胸膛。

「總之，我們不能一直待在這裡。去找有人居住的地方吧，妳能站起來嗎？」

「人……人家沒事。不過在行動前，要先準備鞋子。」

黑兔拿出恩賜卡，確認自己持有的備用服裝。飛鳥在枯朽的樹幹上坐下，靜靜地抬起頭仰望星空。

「……大家應該沒事吧……」

「…………」

黑兔無法回答這充滿擔心的疑問。如果是以前，無論面對何種困境她都會拚命抵抗。然而失去兔耳之後，心態卻已經變脆弱。

多少也是因為靈格消失而失去了自信吧。然而更大的原因，是因為那個充滿鮮血的光景深深烙印在黑兔的眼中，不管她怎麼做都在腦中揮之不去。

（十六夜先生……那之後怎麼樣了呢……？）

不安的根源無窮無盡，然而現在的確不是擔心別人的時候。

這裡是北區還是南區，又或者是東區呢？不管是哪裡，箱庭的樹海中都會有各式各樣的精靈幻獸和惡鬼羅剎在橫行逞凶。

就這樣直接留在此地會有危險。

「在夜裡到處走動並不安全。今天先休息，明天再行動吧。」

黑兔說完後，從恩賜卡裡取出水樹樹枝和攜帶用糧食。此時飛鳥才終於注意到自己犯下的錯。

「……怎麼辦，我的恩賜卡好像掉了。」

「沒……沒問題！人家的恩賜卡裡有好幾天的糧食！而且只要找到河川順流往下走，一定可以找到有人居住的共同體！」

強打起精神的黑兔用力揮著雙手。看到黑兔這拚命的模樣，飛鳥露出苦笑。雖然這是嚴重的過失，但也不能一直意志消沉。不是只有自己等人陷入絕境。兩人向星星祈求同伴平安無事，同時打點自身，在樹海中度過一夜。

＊

「——恩賜遊戲名：『Jack the monster』——

參加資格：

・對象是曾經傷害或殺死幼兒，或是曾對幼兒行惡事者。

勝利條件：

其一：打倒主辦者『Pumpkin The Crown』。

其二：闡明歷史，解開『Jack』之謎。

敗北條件：

其一：參賽者被遊戲領袖殺死即為敗北。

其二：每當遊戲領袖被揭穿身分時都會失去力量，最後敗北。

宣誓：僅限於在執行對象為符合參加條件者的情況下，保證這場考驗的正當性。

『聖彼得』印」

「——恩賜遊戲名：『GREEK MYTHS of GRIFFIN』——

參加資格：

・對象為侵略者（侵略者的定義以契約書的製作條例為準）。

勝利條件：

其一：打倒主辦者方的「寶物守護者」。

其二：查明寶物所在地，展示自身的勇氣。

敗北條件：

其一：破壞寶物（主辦者方故意破壞的情況視為參加者方的勝利）。

其二：參加者方全滅，無法繼續戰鬥的情況。

※懲罰條例：

其一：禁止參加者方在『寶物所在地』外對主辦者方主動挑起戰鬥。

其二：當參加者方違反規則時，主辦者方可以任選一個恩賜封印。

其三：參加者方違反規則三次後，將被無限期拘押。
其四：這些懲罰條例在勝利條件被達成時將解除。

勝利報酬：
其一：參加者可以向主辦者方要求任意的報酬（要求不可以超過靈格的上限）。
其二：主辦者可以把參加者方視為侵略者並求處刑罰。

宣誓：僅限於在執行對象為符合參加條件者的情況下，保證這場考驗的正當性。
希臘神群臨時代表『Kerykeion』印」

「——恩賜遊戲名：『GROUND COVER on the MOON SEA』——

我有二十八名生性害羞的兄弟。
他們只會在夜幕低垂時現出身影。
面貌相同的兄弟們彼此厭惡，張牙舞爪，口吐詛咒。
激烈爭執撼動海面，在黎明時如露水般消逝。

二人消失後吞吃沙子。
四人消失後啖食石頭。
六人消失後嚥下岩塊。
八人消失後掩埋土壤。
十人消失後森林枯萎。
十二人消失後掩蓋山河。
當十四人消失時，天地間只剩下我們。

第三章

悲嘆天地一體的我打開天岩戶，邀來新的兄弟。
邀來二人後創造山河。
邀來四人後森林茂盛。
邀來六人後讓出土地。
邀來八人後堆疊岩塊。
邀來十人後積聚石頭。
邀來十二人後使沙流動。
邀來十四人時，我的兄弟罵出新的詛咒，彼此相爭。
天地必須真正分開，否則新的黎明不會到來。
貫穿無貌的我們，打碎輪迴的螺旋。

「覆海大聖（翻覆大海之人）』印」

眾人宣告遊戲開始的同時，三頭龍的身體遭到超重壓襲擊。

「……嗚……！」

這衝擊讓他的膝蓋晃動。

連擁有強韌身體的三頭龍都被迫微微屈膝的超重壓不可能是普通的恩惠。三頭龍瞬間看穿這超重壓來自於遊戲的規則。

（重力操作……原來如此，第三個遊戲的內容是這麼回事嗎？）

以弒神者的身分擁有無數經驗的三頭龍回想起類似遊戲的知識。根據重力操作和名字推論，這應該是在模仿原本被賜予給「月兔」的「主辦者權限」吧。

如果他的猜測正確，遊戲的正式名稱是「月海神殿（GROUND COVER on the MOON SEA）」。

三頭龍推測，這場遊戲採納了「覆海大聖」對月相盈虧變化和潮流的解釋。

然而主辦者們並不允許他進一步思考。

蛟劉拋開已經粉碎的棍子大叫：

「不可以讓他有時間去思考謎題！要一口氣不斷攻擊！」

他脫下外衣，將力量注入宛如鋼鐵般千錘百鍊的身心。

擁有千山千海靈格的他，可以揮出匹敵星之氣息的拳頭。而且還加上藉由「主辦者權限」增添的靈格，力量更顯強大。

蛟劉掌握宛如海底火山噴發般奔騰上湧的鬥氣，一個箭步就逼近三頭龍身前。雖然他因為

明明不擅長還偏要去接觸的個性而擁有許多武器，但他的真工夫其實正是這卓越的體術。貼近三頭龍身前的蛟劉以軸足為基點，順勢使出迴旋踢，擊中三頭龍的心口。雖然這對三頭龍來說並不是快到來不及反應的速度，不過超重壓的過度負荷造成的破綻被對方逮住，重擊讓巨大的身體浮起。

「唔……！」

這出乎預料的衝擊讓三頭龍哼了一聲。從踏步、前衝到抬腳攻擊，一連串動作裡沒有任何不必要之處。一方面掌控星之氣息，同時精彩地讓這份力量集中於一點。只靠普通的鍛鍊不可能辦到這種事情，就算是十六夜來使用同樣的怪力也無法做到。證據就是，蛟劉踩下的道路只有出現一點裂痕。

（然而不是只有武術技巧，這一拳的勁道和先前天差地別。這靈格大幅膨脹的現象……難道是限定性的星靈化嗎……！）

在海底火山累積千山千海修行的蛟劉擁有能匹敵海神和地母神雙方的靈格。他繼承了黃龍的血脈，獲得天賦之才，卻因為是小妾之子而不被承認。為了向王族爭一口氣而進行極限鍛鍊的蛟劉取得了一個恩惠……那就是在舉行遊戲的期間，身體能力可以和最強種星靈同等的「主辦者權限」。

所以這是結合了長年粹鍊的武技與星靈身心的極限一擊。

「不過……太大意了！」

從下往上打的一擊造成現在的位置關係。

三頭龍在上方，蛟劉在下。雖然三頭龍的動作因為超重壓而受限，但從這個位置只要順著重壓使勁往下揮擊，就能夠撕裂蛟劉吧。

三頭龍在凶爪上灌注萬人之力。

為了阻止他，斐思·雷斯和蕾蒂西亞也跟著蛟劉行動。

「由我來接下這一招。蕾蒂西亞，妳瞄準腳！」

「了解！」

飄揚的燦爛金髮後方伸出銳利的影刃。

影子形成龍顎的形狀，顎中利牙化為幾百根尖槍瞄準三頭龍的右腳。不過可能屬於同系統恩惠的三頭龍影子卻輕易地彈開這次攻擊。

斐思·雷斯握住兩把剛槍擋在往下壓的三頭龍左臂前方。三頭龍散發出打算把她連同蛟劉一起斬裂的霸氣，狠狠揮下凶爪。

然而講到身經百戰，斐思·雷斯也不遜色。

「哼───！」

配合呼吸，計算時機。斐思·雷斯的身體能力還不到十六夜的一半，但她擁有的戰鬥技術和判斷力卻完全足以彌補不足。

往下揮的凶爪蘊含著能撕裂大地劈開大海的力量。即使從正面接招，很明顯也只會連人帶

槍都被扯成碎片。

因此她避免硬碰硬，先預測出三頭龍往下揮的軌跡，並將兩把剛槍放到軌跡上。接著讓呼吸和對方同步以計算時機，在凶爪揮下的同時巧妙運作槍柄，引導三頭龍的手臂滑動，最後以像是在描繪橢圓的動作撥開了凶爪。

（哇……這姑娘也不得了啊……！）

在近距離觀看這絕技的蛟劉忍不住感嘆起這柔軟的槍法。蕾蒂西亞也一樣，如果有人要求她做出一樣的動作，恐怕不可能辦到吧。這是必須先擁有不允許出現分毫誤差的武藝，才有可能達成的神域之技。

如果說蛟劉的武技是剛之極致，斐思·雷斯的武藝就是柔之極致。

而必殺一擊被撥開的三頭龍也因為目睹兩人的絕技而換了個想法……看來這些傢伙不是普通的螻蟻。

三頭龍張開漆黑之翼，飛往上空想要拉開距離。

換成在上空等待的鵬魔王和傑克出面迎擊。

「南瓜！能讓他露出破綻嗎！」

「呀呵呵，要試過才知道——就來全力挑戰一次吧！」

傑克的南瓜頭放出地獄烈焰，燃起熊熊烈火。

火焰就像是獲得生命般地捲起漩渦，不久之後形成一個人的份量。

身穿深紅色的皮夾克搭配領巾，手上拿著染血刀子的殺人鬼出現了。全身被地獄烈焰籠罩的他在鮮紅雙眼裡灌注殺氣，張嘴大吼：

「好——『開膛手傑克（Jack The Ripper）』大爺要來了！」

傑克把火焰變化成彈簧好停留於空中，並開始高速移動。他的速度比十六夜和蛟劉更快，和對付混世魔王那時相比更是快了好幾倍。

這強化正是他懇求聖人重製遊戲後的成果。

傑克的「主辦者權限」雖然絕對算不上強大，但製作時卻偏重於強化靈格。將只有魔王能舉辦的神魔遊戲的一切資源都灌注進去後，獲得了將近四位數的身體能力。

當然，必須付出代價。傑克這次舉辦的遊戲在難易度方面極為低落。只要是中級以上的遊戲掌控者，光是看過內容並和傑克相對，就能夠解開一半的謎題。

這是因為這場遊戲在舉辦條件上有個默契，就是必須對參加者方提供大量的攻略提示。無論是模仿倫敦的城鎮，還有變化時自報名號的行為，都是為了降低遊戲難易度的舞台機關之一。雖說「無知是一種罪」被視為恩賜遊戲裡的常理，但傑克的遊戲只要全面調查這個城鎮，就算沒有知識也能夠解開。

透過提高風險的做法來提昇自己的靈格。

這是為了保護共同體不受魔王侵襲，甚至不惜重新構成（reset）自身靈格的殊死遊戲設定。

（哦……還算不錯，能在空中戰中動得如此靈巧迅速的人並不多。）

鵬魔王也略為睜大眼睛感到佩服。

看在金翅鳥的王族眼裡，傑克的空中戰力也頗有水準。就算是三頭龍也無法以在地上的那種速度飛行，更何況他現在還承受著超重壓。

傑克靠著驚異的身體能力和火焰彈簧來使出超加速，多次發動強攻。要追上並擊落現在的他是極為困難的事情。

三頭龍閃避著傑克連續不斷的猛攻——

「要什麼小聰明！」

最後將雙翼開到極限，急速迴轉。他只要拍一下翅膀，就能捲起甚至能破壞都市的大龍捲風。

而這次在三頭龍周遭產生的龍捲風共有三個。

龍捲風吞沒尖塔群，吸起河川的水並破壞城鎮。這真是驚人的大規模破壞能力，已經不再是特別針對哪個人的慢吞吞打法。

而是把所有反抗自己的敵人都當作對象的魔王一擊。

然而如果只論火力，她也絕對不比三頭龍遜色。

「金翅之炎啊……！」

鵬魔王展開由黃金火焰形成的翅膀，衝向三頭龍製造出的龍捲風。

全身都被火焰覆蓋的她變化成巨大的金翅怪鳥。

她一飛而過，三個巨大龍捲風就像是微風般消散。身上帶著金翅之炎的鵬魔王一邊放出激烈的熱波，同時在空中迴旋，狙擊三頭龍的破綻。

這時，下方出現蛇蠍般的劍光。

是斐思‧雷斯緊貼著尖塔牆壁並揮動鞭劍，阻擋三頭龍前進。判斷這是大好機會的傑克也把火焰彈簧變化成捆綁三頭龍的拘束具。

「趁現在！」

兩人同時大叫。捆綁無法支撐多久，鵬魔王很快就做出決斷。

身纏金翅怪鳥的鵬魔王釋放出更強烈的光芒，讓日輪附於其身。之前已經確定，對神、對龍的恩賜也對三頭龍有效。

「混天大聖（使天混沌之人）」鵬魔王解放自己的靈格，瞄準三頭龍。

「靈格解放……『日輪金翅鳥（Vāhana Garuda）』——！」

灼熱的大鵬鳥在空中翱翔，連大氣也被燃燒殆盡。

被綁住的的三頭龍從正面承受這次飛翔，被衝擊和炎熱彈飛到後方。等同於小太陽顯現的熱波放出七色的日輪，讓周圍的建築物都逐漸熔解。在炫目的光芒中，鵬魔王咬緊牙關。

（這是勝利的機會……要在此解決他！）

她一鼓作氣發動連續攻擊。要用突刺和斬擊打倒這個魔王是極難達成的事情。

在場能打倒三頭龍的人只有自己。鵬魔王讓金翅鳥繼續往前衝刺並用雙翼將三頭龍整個包住，金翅之炎也變幻成極光。
極光聚集並瞬間消滅周圍一切，在爆炸的同時竄起直達天際的火柱。光是這次爆炸的規模就讓尖塔群一個個倒塌，倫敦市區轉眼間已成為荒廢的都市。
舞台燃起熊熊大火。
只靠熱波就讓河川沸騰。
沖散雲海後還繼續往上的火柱完全沒有表現出會消退的跡象。
除了傑克，主辦者一行人都躲在蛟劉做出的水膜中避難。蕾蒂西亞見識到這等級完全不同的火力後，冒著冷汗出聲驚嘆：
「……實在驚人。」
「因為小迦陵是七天之中火力最強的一個嘛，從以前就是殲滅的主力。」
「意思是雖說是半神，但不愧是最強種的直系嗎？這下子就連那個大魔王恐怕也不會無傷……」
「這個嘛……實際上如何呢？」
蛟劉打斷蕾蒂西亞的發言，眼裡帶著一絲焦躁的神色。在蕾蒂西亞確認蛟劉的真正意思之前，傑克扛著鵬魔王從上方出現。
仔細一看，鵬魔王身上從肩膀到側腹有一道大裂傷。
蛟劉倒吸一口氣，對流著血低著頭的結拜妹妹發問：

「成了嗎？」

「……沒成。我想應該讓他受了一點傷，但應該四肢健全吧。」

簡潔的回答讓眾人露出苦悶表情。

在眾人之中，鵬魔王的火力具備最大級的破壞力，而且還擁有「對神、對龍」這種破格的恩惠。結果卻無法完全打倒三頭龍。

「雖然有可能是脫離常軌的耐久力……不過應該不只是這樣吧？」

「嗯，他很有可能是受到類似『主辦者權限』的強力法則保護。」

三頭龍——阿吉・達卡哈是「人類最終考驗（Last Embryo）」。

他身為人類用的考驗，存在本身就擁有等同於一個「主辦者權限」的力量。所以應該可以認定，他的靈格背後還藏有什麼機關吧。

如果繼續這樣打下去，很明顯會落入每況愈下的狀態。

「我已經掌握了彼此的戰力差距，先回城裡去吧。畢竟也得幫小迦陵療傷。」

「也對，要趁著還受到遊戲規則保護時回去重整旗鼓——」

「——你們認為我會讓你們那樣做嗎？」

這聲音讓所有人身體一僵。

襲擊隨後出現。躲在建築物後方的一行人把視線投往火柱的方向，可是三頭龍放出的影之閃刃更快一步。

那一擊並非來自死角。

而是貫穿城鎮中的所有建築物，瞄準他們一直線放出的攻擊。

「嗚……所有人跳起來！」

配合鵬魔王的聲音，一行人全都一起往上跳。

然而蕾蒂西亞卻稍微落後。

「危險！」

傑克踩踏虛空拉起蕾蒂西亞，但三頭龍沒有放過這個破綻。影之閃刃纏上傑克全身，限制他的行動。

「糟了……無法掙脫……！」

「第一個是南瓜嗎？」

三頭龍把被抓住的傑克拉向自己，讓他沿路撞穿建築物。傑克掙扎著想要逃脫，卻在看到三頭龍後更加驚愕。

即使被鵬魔王使出的金翅之炎直接擊中，三頭龍依然毫髮無傷。

（怎麼可能……！在那火焰中不可能無傷啊……！）

要是他身上多少有傷，那還可以接受。然而三頭龍純白的身體卻健全到彷彿什麼都沒發生。就算他擁有自我治癒能力，也實在太超過限度。

三頭龍在被拉過來的傑克面前舉起利爪，露出尖牙嘲笑。

「再怎麼思考也沒用，斷罪人。因為憑你們，根本無法到達這尊貴旗幟的高度！」

他毫無慈悲地揮下凶爪。

這橫向的一擊讓傑克噴出五臟六腑，當場癱軟倒下。當三頭龍正打算痛下殺手時，蛟劉和斐思・雷斯挺身而出。

「我們會爭取時間！」

「請帶著傑克後退！不死的他不會因為這程度的傷勢就死去！」

一行人中最擅長近身戰的兩人負責擋住三頭龍。

擁有飛行能力的蕾蒂西亞操縱龍影，帶著悲壯表情抱起傑克。

「抱歉，傑克！要是我的『主辦者權限』有達成舉辦條件，我就不會表現出這等醜態……！」

「不……請不要……在意。妳的主辦者權限是白夜叉大人託付的王牌之一，怎能在這裡失去……」

咳！傑克吐出大量鮮血，讓所有人都注意到異變。

……傑克應該不死，但他的傷勢卻根本沒有痊癒。

傑克擦了擦嘴邊，說出原因：

「呀呵呵……哎呀，真是傷腦筋，看來我的遊戲謎題已經被逐漸破解了。」

「怎……怎麼可能！再怎麼說也太快了！」

「不，等等，吸血鬼。說不定那也是阿吉·達卡哈的恩惠。」

所有人都倒抽一口氣。

在阿吉·達卡哈的傳承中，有提到他是能使用千種魔術的魔王。然而在古代，魔術經常是科學、醫術的替代名稱。明明沒有他實際用出千種魔術的具體記述，卻只有這個傳承能殘留下來，或許是意指阿吉·達卡哈這魔王的知識量。

「而且那傢伙是弒神者，至今為止應該遭遇過數千個『主辦者權限』，卻一直無法輕鬆將他封印，這狀況也可以假設是因為他擁有『無條件獲得遊戲有用知識』這一類的恩惠。」

「嗚……！」

如果這個假設正確，就代表給三頭龍愈多時間，對眾人愈是不利。但是現在也沒空煩惱。

「可惡！總之先撤退吧！喂！克洛亞！你聽得到嗎？要是聽到了就回收我們！現在立刻動手！」

蕾蒂西亞對著空中堡壘大叫後，主辦者們也一個接一個消失。短短數秒後，所有的主辦者已經如同雲霧消散般失去蹤影。

三頭龍凶猛地齜牙咧嘴，瞪向空中堡壘。

「……是空間跳躍嗎？盡耍些小聰明。」

他隨便揮動右手，打飛幾棟建築物。不過也沒有必要焦急。

就算對方現在受到遊戲規則的保護，也只到他解開謎題為止。

三頭龍甩動背上的旗幟，轉身離去。

「我會把你們一個不留地全部逼出，就發著抖等待吧！」

*

在三頭龍也銷聲匿跡的「煌焰之都」附近，還有另一場戰鬥拉開序幕。已經杳無人跡的荒廢城鎮裡揚起烈焰和風雪。

——「煌焰之都」，廢墟。

在荒廢城鎮裡恣意奔馳的人影之一大叫道：

「奧拉小姐！大爺！我要發動夾擊，配合我！」

「知道了！」

「了解！」

雷鳴伴隨著豎琴音色竄出。

黑龍口中也吐出火焰。

這兩個攻擊的交叉點，是身穿紅藍對比色誇張外套的馬克士威。

「別得意忘形！你們這些小嘍囉！」

馬克士威張開雙手，夾擊他的火焰和閃電因為突然的爆炸而改變軌道。他大概是操縱熱量

製造出激烈的溫度差距，藉此在大氣中引發爆炸吧。

雖然以「操縱熱量」來總括，但其通用性卻接近無限大。由於馬克士威本身喜歡使用空間跳躍，所以看起來或許不像是那麼大的威脅，然而一旦他認真使用，這力量具備能瞬間殺光一個小國人口的威力。

若非有奧拉利用黃金豎琴穩定周圍的氣壓，鈴等人也會有危險吧。

暫時拉開距離的鈴藏身於建築物中，回頭對被銬著的維拉說道：

「這世上沒有比高規格跟蹤狂更可怕的東西呢～我有點同情妳。」

「……啊嗚……」

維拉跟不上不斷變化的情勢，只能含著眼淚搖搖頭。

——稍微閒聊一下。

如果要說這場戰鬥最大的被害者是誰，無論哪個人都會回答是維拉·札·伊格尼法特斯吧。要是只針對被「Ouroboros」遊戲波及這一點，這城市的所有居民都是被害者。然而遭遇到在遊戲中被魔王級的跟蹤狂瘋狂追趕受到言語折磨最後被不認識的少女綁架還被拖著東逃西竄的不幸遭遇的人，就只有她一個。維拉雖然想用空間跳躍逃走，但是手上鎖鏈型恩賜的力量卻讓她無法成功。

而現在，又在廢棄城鎮中被跟蹤狂追得到處跑，今天真是災難日。

（我……好想回家……！）

「維拉小姐，要跑了！快跟上！」

啊嗚啊嗚……維拉雖然很想哭，但還是跟著一起移動。

這時，幾乎將周圍全都掩蓋的大風雪襲擊一行人。

「快把我的新娘交出來！掌控者——！」

「……嗯，要是換個場合，那聽起來也很像是熱情的告白呢。」

「殿下，現在不是說那種話的時候。」

在刮著風雪的廢棄城鎮中往前跑的殿下，還有乘坐在黑色獅鷲獸背上的仁·拉塞爾。

鈴判斷維拉在他們和馬克士威交手時應該會派上用場，所以才趁亂把她綁來。但效果卻大得超乎想像。

馬克士威看到維拉被鎖鏈銬住後，先是發愣了好一陣子，接著才恢復自我。

「除了我以外居然有人敢束縛維拉，你以為你是誰！」

只是吼完這句後又迅速失去理智。

或者，也許這男人打從一開始就沒有所謂的理智。

被意料外怒吼嚇到的鈴不小心讓對方取得先機，才演變成現在這狀況。

「傷腦筋~我還以為會有多一點交涉餘地，那傢伙對維拉小姐的愛真的太超過了。」

「我……我一點也不高興！」

說得對，在場所有人都很同意。

黑色獅鷲獸格萊亞不以為然地向鈴提問：

「要怎麼辦？現在他因為憤怒所以攻擊很單調，一旦恢復正常就麻煩了。不轉為反擊可以嗎，鈴？」

「嗯～雖然是那樣沒錯，但隨便反擊很有可能反而會讓他變冷靜呢。畢竟我們在目前狀況下最擔心的事情就是被他逃走。」

有謀反嫌疑的鈴等人不能放馬克士威逃離這裡，不管怎麼樣，都必須在此打倒他。

「話是那樣說，但具體該怎麼做？再這樣下去遲早會被他逮到。」

鈴無法反駁，只能邊跑邊不甘心地咬著指甲。

這時仁伸出援手。

「乾脆徹底挑釁到讓他完全無法恢復正常如何？」

「……嗯，我我也考慮過那方法，但要怎麼做到？」

「這……就要看維拉小姐的表現了……是吧？」

啊嗚……維拉眼中湧上淚水。

她大概沒想到身為同盟對象的仁會提出這種提議吧？而且基本上仁和「Ouroboros」成員在一起的現狀就已經是個問題。

察覺到責備眼神的仁很歉疚地垂下視線。

「對不起，但我們不能丟著馬克士威不管。他會把阿吉．達卡哈的分身體送往下層的各個地方，再這樣放置下去，會造成無法挽回的事態。」

維拉驚訝得講不出話，這時一臉苦澀的鈴也提出追擊：

「這是真的，因為計畫本來就是萬一演變成阿吉．達卡哈復活的事態，就要利用馬克士威先生的力量把分身體撒向各地域。」

在三頭龍和十六夜的戰鬥中，已經造成了超過數百隻的分身體。而且包括襲擊過難民的分身體在內，當時在現場的分身體已經被打散送往下層。

雖說傑克和蛟劉等人正是因為這樣才能把戰局導往有利方向，但如果繼續丟著馬克士威不管，下層受到的損害將無限增大吧。

「我想沒有趕來此地的『階層支配者』……『鬼姫』聯盟和『拉普拉斯惡魔』正在阻擋分身體，但也有極限。要是沒在這裡解決馬克士威，我們和下層都只有死路一條。那並不是我們……至少不是『Ouroboros』在場成員期望的結果。」

「對『No Name』來說，這也是無法置之不理的狀況。所以為了在此時此地打倒馬克士威，我們無論如何都需要維拉小姐妳的協助。」

了解狀況後，維拉心不甘情不願……真的是很心不甘情不願地點頭。雖然不明白理由，但殿下和鈴等人似乎打算對「Ouroboros」舉旗造反。

那麼接受一時停戰會對大局比較有利。

「可……可是，要怎麼做？你們有找到打倒馬克士威的手段嗎？」

「不～該說『第三永動機』無法打倒呢。還是該說要打倒他的想法其實是一種估計錯誤呢……」

「……鈴，妳剛才也有提到這個『第三永動機』，這到底是什麼？」

「是祕密……我是很想就這樣回答，但畢竟你是暫時的協力者。之後我會再找時間告訴你一些無關緊要的情報。」

「不過還是要收取代價。」

殿下咧嘴一笑，仁只能回以苦笑。

不過這似乎在哪裡聽過的名詞讓仁開始沿著記憶尋找。

沒有注意到這件事的奧拉晃著長袍擬定對策。

「殿下，想辦法誘導馬克士威發動『主辦者權限』的做法如何呢？」

「……嗯，我們已經被告知遊戲內容，解答內也包括了不可觀測領域（Black Box）。針對遊戲的不完備之處誘使他自爆，然後讓他成為隸屬也是一種解決方法吧？」

「咦，殿下想要那種奴隸？」

「超不想。」

「果然是這樣我就知道！」

「那麼只能靠殿下的模擬創星圖（Another Cosmology）了。憑殿下的力量，我想一擊就能解決那種魔王吧？」

聽到黑色獅鷲獸格萊亞的提案，殿下聳聳肩搖了搖頭。

「的確是那樣沒錯，但是一旦使用模擬創星圖，連『第三永動機』的靈格也會被一併打飛喔。要如何回收？光靠我們幾個辦不到吧？」

「那方面請不必擔心。聽說『第三永動機』靈格的真正擁有者在三年前已被封印。只要打倒馬克士威，空出來的靈格應該就會依附到那個人身上吧。因此我想這不是殿下您必須在意的問題。」

「……哦？那麼，接下來的問題就是該怎麼打中他了。」

旁聽眾人意見的維拉在此舉手。

「那個，那是最困難的部分。只要有意，馬克士威隨時都可以利用空間跳躍逃走，三年前就是這樣讓他跑了。」

沒錯，馬克士威的空間跳躍十分強大。

除了操縱熱量的恩惠，他本身也具備高能力，要解決他是極為困難的任務。即使可以讓維拉去挑撥，一時之間也想不到能夠讓他絕對無法逃走的方法。

在殿下等人思索對策的期間，馬克士威也沒有放緩攻勢而是繼續瘋狂追殺，還在風雪中混入數根冰柱襲擊鈴等人。

然而混世魔王卻發出龍炎和大笑聲，就像是在嘲笑他的追擊。

「呼哈哈哈！怎麼了怎麼了？堂堂掌控者大人怎麼連那麼簡單的方法都想不出來呢？」

「……哼，那混世魔王大人又有什麼好計畫嗎？」

「沒錯，當然有。簡單來說就是那樣吧？那個知性型變態惡魔瘋狂迷戀著那邊的波霸小姑娘吧？那麼能煽動他的方法不是只有一種嗎？」

混世魔王咧嘴露出低俗的笑容。

仁和殿下聽不懂意思，面面相覷並歪了歪頭。

只有鈴理解混世魔王的言外之意，拍著手表示認同。

「對喔！那種手段或許也有效。」

「不愧是鈴小姑娘，理解力真好——辦得到嗎？」

「哎呀哎呀包在我身上，小事一件！」

語畢，鈴停下腳步。她大概有什麼策略吧？判斷再這樣下去也只會愈來愈糟的一行人也圍住鈴，擺出備戰態勢。

判斷他們已經放棄的馬克士威在一行人頭上現身。

「……抓鬼遊戲結束了嗎，軍師大人？」

正如先前的顧慮，馬克士威逐漸恢復正常。

要是他就這樣取回冷靜，會演變成最糟糕的狀況。

鈴只看了維拉一眼略為躊躇，然後伸手把被鎖鏈鍊住的她摟向自己。

「嗯，抓鬼遊戲結束了。從現在開始要換成捉迷藏，請再陪我們一下。」

「哼！還以為妳要說什麼呢。妳該不會認為我會陪你們玩下去吧？……哼哼，現在可以說了，你們的背叛打從一開始就已經被列入考量。我已經從首領大人那邊獲得許可，可以殺光除了殿下的其他所有人。因為在跨越 Kali Yuga 時，需要的只有殿下而已。」

「……哦？」

鈴眼中發出不安分的光輝，大概是掌握到什麼重要事實吧。這眼神簡直像是面對獵物的母豹。另一方面，旁聽他們兩人對話的仁也沒有忽略那個不熟悉的重要名詞。

（Kali Yuga……『末世論（Kali Yuga）』？那種東西為什麼和殿下有關？）

（仁，你知道什麼情報嗎？）

依然藏身於召喚媒介的吹笛人戒指裡的珮絲特向仁提問。

（呃……因為很長所以我不詳細說明，總之那是指某神群的末世論。據說那是隨著人類文明發展而失去人民的信仰心，一個欠缺道德心的末世。）

（若說是文明的發展，應該差不多是一九〇〇年代到二〇〇〇年代左右？我有聽說過那是能源技術開始發達以及信仰開始衰退的時期，還有聽說過那時無法產生新的神群和神靈。）

（嗯……不過，實際上如何呢？我有聽說過因為 Kali Yuga 和天文學有關，所以從箱庭觀測時，解釋時期會各有不同很難特定。）

（……哦？那，跨越末世論又是什麼意思？）

（正如字面上所示。Kali Yuga 是一個循環年代記中的第四階段，我想應該是指當時機到

來時就要轉移到新年代記的意思吧。）

而這為什麼和殿下有關？

仁讓思緒繼續運轉。

「末世論」和「第三永動機」，還有殿下的真面目。

他正打算考察這些要素之間的因果關係，卻突然……

（——等一下，我們剛剛是不是提到了更重要的事情？）

（咦？）

珮絲特訝異地發出奇怪聲音。仁覺得思考角落有個讓人介意的不對勁處。

由於那是仁沒有親身經歷過的事情，所以他無法立刻聯想到解答。然而他剛才的確獲得了能對「Ouroboros」造成重大打擊的最大機會。

鈴也沒有注意到這一點，而是把視線從馬克士威身上移開，望向遠方。

「是嗎，連背叛也已經被列入考量了嗎……傷腦筋，那個人到底預測了多遠？」

「哦？就連掌控者大人也敵不過首領大人的先見嗎？」

「……是啊，真的是怪物呢。如果有事先預測到這個局面，那個人確實是個怪物。而且要是從一開始就已經預測到這一連串的發展——」

鈴像是下定某種決心般地睜大雙眼，舉起短刀宣布：

「馬克士威，被當成活祭品的人其實是你。」

只說完這句話，鈴的表情就一百八十度大轉變，換上滿臉笑容抱住維拉。因為事出突然而陷入混亂的維拉掙扎著想要拉開距離，但鈴的魔手卻快了一步。

把短刀換到另一隻手上的鈴貼近維拉，一把抬起她的下巴——

「那麼，我收下了♪」

——接著奪走維拉的可愛嘴唇。

「「「——……咦！」」」

仁、馬克士威、珮絲特三人同時叫出聲，然後啞口無言。

身為被害者的維拉在無法理解發生什麼事的狀況下，腦中一片空白——不過，滑進嘴裡的柔軟舌頭感觸讓她總算回神。

「不……啊……等一下……！」

「別講話，會咬到舌頭。」

鈴輕聲這樣說完，再度吻住維拉。

這次舌頭侵入得比之前更深，而且很熱情又追求感官享受。鈴溫柔地舔了舔拚命想要拒絕的雙唇間隙，並趁著純真身體反應的那瞬間一口氣占領對方口內，用力吸吮。

慘遭第一次經驗擺布的維拉拚命拍打鈴的後背表示投降，然而不久之後抵抗變弱，指尖也

微微抖動，鈴才總算放開她的嘴唇。具備黏性的液體從彼此的唇間往下滴落。

兩人視線交會後，維拉面紅耳赤地低下頭。

身為惡魔的自己卻為了接吻這種小事害羞成這樣或許是一件怪事，但畢竟一切都是初次的經驗。維拉無法承受住如閃電般從背脊往上竄的衝擊，像是已經腿軟般地當場癱坐在地。

鈴伸手摟住維拉的肩膀以支撐彷彿剛做過劇烈運動而氣喘吁吁的她，接著對馬克士威露出挑釁笑容。

「……好啦，就是這樣。可以請教你現在的心情嗎，馬克士威先生？看到新娘在結婚前就被別人強吻的感覺是什麼呢？」

「——……」

他出乎意料地沒說任何話，臉上也沒有表情。

鈴眨了眨眼像是有點失落。

「……咦？怎麼沒什麼反應？要不要再來一次？」

「不……不要……！」

「可是挑撥如果就這樣失敗然後讓他逃掉，對維拉小姐的跟蹤狂行為說不定會惡化喔。例如鑽到床上或是直接空間跳躍進廁所裡之類。」

「那點狀況早就已經都碰過了！」

「耶……真的嗎？真虧妳能保護貞操直到現在呢。」

這預想外的反駁讓鈴覺得很倒胃。

然而就這樣不採取任何行動會更糟。覺得如此一來只能實施更激烈手段的鈴正打算去碰維拉的衣服，眼神空虛的馬克士威突然喃喃說道：

「——『Summon maxwell myths. 3S, nano machine unit』——！」

咦？對於這個第一次聽到的召喚式，鈴跟維拉都懷疑起自己的耳朵。原本以為他是要發動「主辦者權限」，但既然已經提到「召喚(Summon)」，那麼這應該是會召喚出什麼的術式吧。

「他說『Summon myths』……喂喂，真的假的？這下可不妙。」

只有混世魔王聽到這召喚式後，瞪大眼睛似乎非常驚愕。

「咦？」

「抱歉，我看走眼了。這傢伙隱藏得太徹底了……嘖！果然再不濟也是四位數嗎？這傢伙的真面目不是惡魔！所有人快點散開逃跑！神群要來了！」

全身冒著冷汗的混世魔王大吼。

還不明所以的一行人往後退開好一段距離，但立刻明白混世魔王的發言才是最佳判斷。以失去生氣的馬克士威為中心，刮起猛烈的熱波與寒波。在一秒間輪流被放出幾百幾千次的寒暖風暴超越物質界的法則，讓電漿在大氣裡四處流竄。

境界的縫隙被打碎，空間像玻璃工藝品那般破碎四散。

有兩個影子帶著炎熱與極寒之風出現，那是背後擁有巨大翅膀的鎧甲怪物。明明擁有不像生物的外表，鋼的表皮卻上下鼓動，彷彿有血液流過。

面對異形的怪物，所有人都一臉訝異，只有奧拉低聲慘叫：

「這靈格……難道是……天使……！」

「妳說天使？那個妖怪是天使？」

「不，不是！我想應該不是，但……！」

「但肯定是類似天使的某種存在！用包含『myths』的召喚式叫出的對象一定是神群，沒有例外！而且沒有任何惡魔能辦到那種事！只有主祀神、詩人和女王三者可以辦到！」

聽到混世魔王的喊聲，鈴狠狠咬牙。

「原來是這樣……！那第三永動機的真面目是……」

「現在哪有空講那些！來了！」

兩個天使張開翅膀，各自舉起利劍和尖槍，往這邊衝刺。

一行人被殿下怒斥後慌忙擺出備戰態勢，迎戰這兩個神祕的天使。

殿下逼近正往這裡衝鋒的鋼鐵天使身前，控制住對方一邊手腕並往上扭，讓天使無法揮槍後踢向他的腦袋。殿下雖然個子矮小卻擁有能和十六夜對立互毆的強大力量，這一踢很輕易地粉碎了頭盔。

然而出乎意料的是，感到訝異的人反而是主動攻擊的殿下。

（這不對勁的感覺是怎麼回事？就像是踢中煙霧一般，沒有擊中的反應……！）

這份直覺的正確性立刻獲得證明。鋼鐵天使的頭盔才被打成碎片，立刻以類似霧氣凝聚的形式自我修復。

殿下狠狠咂舌，把對方持槍的手往關節的反方向扭動後，再整個狠狠往下砸。雖然鎧甲連同翅膀都被打碎，但果然還是跟剛才一樣又恢復原狀。

鋼鐵天使發出生硬的嘰機聲並舉槍備戰，隨後突然消失。

（空間跳躍！消失到哪裡……）

「殿下！後方！」

殿下猛然回身，只見散發出熱量以及黑紅色光芒的鋼鐵天使正對著他揮槍攻擊。

然而斬擊、突刺對殿下無效的事情早被列入考量。明白已經來不及閃避的殿下故意受到槍的直接攻擊，並準備發出反擊。

然而按照計畫讓對方刺中右胸後，受到衝擊的殿下卻更加驚訝。

（好沉重……！）

雖然這一擊很粗獷又不俐落，但這一刺的怪力卻強大得讓殿下也只能勉強挺住。萬一受到鋼鐵天使一擊的人是格萊亞或奧拉，恐怕連碎片都不會留下。先不論對方的智能如何，軀體毫無疑問是神靈等級。

因此殿下當機立斷。

「鈴！奧拉！格萊亞！還有維拉和仁和珮絲特！我會對付這傢伙和馬克士威！拿劍的另一

隻交給你們！要利用鈴的恩賜拉開距離並研究對方的真實身分！聽好了！絕對不可以讓對方靠近！」

「了解！在找到之前，請殿下爭取時間！」

「祝您武運昌隆！」

殿下以外的人只留下這些話，就全都跑向郊外。

然而只有坐在格萊亞背上的仁，視線依舊被天使胸部描繪的紋章深深吸引。

（那旗幟……我在哪裡看過……？）

以花蕾為主題的旗幟。雖然仁沒有直接看過，但應該一定有聽說過。只是他無論如何都想不起來。

仁緊抓著格萊亞背部並拚命在記憶中翻找。可是戰鬥時的緊張和焦慮卻讓思考變遲鈍，沒有在最前線戰鬥過的事實到此成了弊端。

一行人離開城鎮進入森林，踏進尚未開拓的樹海。

在焦急和混亂的漩渦中，戰況越演越烈。

第四章

——吸血鬼之城，空中堡壘的大廳。

空中堡壘原本已經由「Underwood」的居民整修得乾淨整潔，但現在大廳裡卻有多到滿出來的難民傷患。寢室早就被重傷者占滿，輕傷的人則是在地上鋪了毯子讓他們擠在一起休息的狀態。

至於火龍的重傷者則破壞了中庭，似乎很過意不去地休養著。

在這種混亂中，可以看到十六夜的身影。被傑克送進空中堡壘後，他優先被安排了床鋪。只要看一眼，就知道他那樣子用體無完膚還不足以形容。

雙拳粉碎，內臟受損，出血也超過了致死量。

還活著這件事本身只能說是很不可思議。看到十六夜這副像絞肉般悽慘的模樣，「No Name」的同志——莉莉和白雪都不由得低聲慘叫：

「十……十六夜大人……！」

「主子……！」

兩人應該是和蕾蒂西亞一起前來吧。背後還有年長組和其他孩子們。「Ouroboros」已經正式開始行動，根據地已經不能算是安全。所以他們提出既然這樣，那乾脆就在最前線支援共同體的提議。

這樣的他們目睹十六夜的慘狀時也都張口結舌。對於身為共同體後援的孩子們來說，主力的十六夜的敗北實在過於衝擊。

有個少年嘴唇蒼白顫抖，也有個少女掩著嘴眼中含淚。

然而在這樣的年長組中，莉莉的行動卻很迅速。

「去……去拿熱水和大量繃帶，還有造血藥和獨角獸的角！」

「咦……啊……」

「快！現在還來得及，所有人一起準備！」

莉莉拿著帶在身上的手帕衝向十六夜身邊。應急處置已經結束也受過簡單治療，但沒有連身體一起清潔。是因為負責應急處置的人太忙，無暇顧及這部分吧。莉莉用手帕擦去還在十六夜臉上的血跡。

接著她回過身子，對著依然呆站的年長組們大叫：

「所有人！動作快！」

「「「「知……知道了！」」」」

年長組鬧哄哄地散開。在這段期間內莉莉拿出為了將獨角獸的角調製成藥的道具，並繼續擦拭十六夜那被敵人血液染紅的身體。

她的眼裡含著薄薄一層淚水，低聲喃喃說道：

「……白雪大人。十六夜大人……會得救吧？」

「嗯。」

白雪姬立刻明確回答，用水沾濕手帕幫忙擦拭十六夜的身體。莉莉揉了揉眼淚快要滴下來的眼睛，手腳俐落地繼續處理。

——真是個堅強的女孩。白雪姬再次對莉莉刮目相看。

她的視線裡帶有類似尊敬的感情。

明明莉莉處於最想跟母親撒嬌的年齡，卻還打理共同體的家務，負責照顧農園，領導下面的其他人。面對共同體的窘境，也毫不畏懼地投入其中。如果是普通的女性，光是看到這麼多血就會嚇得昏過去吧，完全不是一般十歲少女能夠做到的行動。

身為神格持有者，對於莉莉堅強的內心以及靈魂的光輝，實在忍不住為之著迷。

（……主子，你可不能讓這麼惹人同情的女孩哭泣啊。）

白雪姬沒有出聲，在內心稍微責備十六夜。不過她其實還有其他的真正想法。

只在這裡說吧——白雪姬一直看不起十六夜。雖說兩人相遇時是那種狀況，某種程度以內只能算是理所當然的結果，但事實上她對十六夜評價的確相當低。

擁有天賦才能的十六夜總是堅持唯我獨尊的態度，不過白雪姬卻認為，一旦他面對比自己更高水準的敵人，應該會輕易嚐到挫折滋味吧。

……然而實際上卻不是這樣。

逆廻十六夜這個人……選擇戰鬥。即使面對超越自己天賦的強敵也堅持不逃，為了拯救同志而賭上全心全力，奮戰後承受敗北。

恐怕有某些人會把挑戰無勝算戰鬥的人稱為小丑吧。

畢竟勝者為王，敗者為寇。

要主張大義，必須以勝利做為大前提。逆廻十六夜這少年之所以拘泥於勝利到了妄自尊大的地步，是因為他對自己的正義深信不疑，沒有其他理由。

——像這樣的少年，卻投身沒有勝算的戰鬥。

即使對敗北後會承受的屈辱心知肚明，他依然奮勇挑戰直到粉身碎骨。

白雪姬對於自己身為神格持有者卻看走眼的行為表示歉意，也對展示出讓人感觸萬千的勇氣和決心的主人送上最高等級的讚頌之詞。

（別死啊，主子。如果想打倒魔王——無論何時，都要靠身懷勇氣之人的奮力一擊。）

白雪姬直覺感到將來會碰上再次需要這少年力量的局面。

這時空中城堡突然激烈搖晃，就像是在從另一面提供證明。

「嗚……戰鬥的餘波居然波及到這裡嗎……！」

如果有可能，她也很想出一份力，然而這並不是單純的神格持有者能夠參戰的規模。白雪姬一邊幫忙準備調藥，同時為投身戰鬥的同志們祈求平安。

同一時刻。

春日部耀在莎拉的邀請下來到作戰司令部。原本無人的空中堡壘現在已經擺放著從「Underwood」拿來的裝飾品和家具。

來到這房間的人有耀和莎拉，以及以客人身分寄居於「龍角鷲獅子」的柯碧莉亞。現在連走路都有困難的耀坐在椅子上，對於柯碧莉亞還留在「龍角鷲獅子」的現狀驚訝得頻頻眨眼。

「柯碧莉亞，好久不見。妳為什麼在這裡？」

「由於『龍角鷲獅子』中沒有負責擔任遊戲掌控者的人，所以雖然不自量力，還是決定由我來擔任掌控者。即使已經成為完成的永動機，但這和我期望的形式並不同。因此我判斷如果想要尋找能成為我父親的人士，隸屬於大型共同體較為有效。」

這樣啊……耀露出苦笑。是因為她想起自己先前被莎拉挖角時的經驗，所以覺得有點好笑吧。

這女孩是柯碧莉亞──她在「龍角鷲獅子」還以聯盟立場活動那時和一行人相遇，是職掌「第三永動機」的自動人偶。

「No Name」眾成員們偶然發現被囚禁於悖論遊戲中的她，利用一點特殊方法來破解遊戲，

直到現在。

「既然有那樣的遊戲，早知道應該在學校裡多用功念點書。」

「Miss 春日部，雖然失禮，但『第三永動機』的構造並沒有簡單到只經過義務教育就能夠完成。我想即使妳是個勤奮的學生恐怕也沒有意義。」

「那是……嗯，也對啦。」

不是那種意思的耀原本想說什麼，最後還是又閉上嘴。現在不是聊這些的時候，必須先告知關於飛鳥和黑兔的事情，還有「煌焰之都」裡的戰況。

莎拉和柯碧莉亞聽完耀的敘述後，面色凝重地雙手抱胸。

「我充分明白了……但，傷腦筋。『No Name』的狀況遠比起我原來的預測還更嚴重。」

「是啊，至少如果知道她們被送往哪裡，還能做出對策。」

「……嗯，不只黑兔和飛鳥，也找不到珮絲特和維拉。她們沒有參戰嗎？」

「如果她們當時不在場，那麼就沒有成為參戰狀態吧。這次的遊戲盤面是特製品，畢竟是找『Perseus』借用一整個恆星主權的大規模機關。可以視作我們已經來到和箱庭完全不同的世界。」

「是……是嗎？要是嘎羅羅先生在場，起碼可以請教他『生命目錄』的事情。」

「嗯……除了那件事，大老也是曾在兩百年前和阿吉・達卡哈交戰過的少數人士之一。要不是他前往遠方參加商談，我也很想請他參戰……」

這時，莎拉抬起頭像是腦中閃過什麼點子。

「……不，對了！如果是那一位，說不定能解決所有問題！」

「那一位？」

「是知道你們身陷絕境，並前來通知我等的人物，也是幫忙去找『萬聖節女王』請求協助的人。要不是有女王的幫助，根本不可能把這個空中堡壘運來北區吧。」

「原來是個了不起的人啊。」

「不只是那樣。那一位和『No Name』也有很深的淵源，畢竟那一位是……」

「找我嗎？」

三人猛然一驚。

這個人到底從什麼時候就在場了？一名頭戴圓頂硬禮帽身穿燕尾服，還披著風衣的老紳士正坐在原本無人的上席。

年齡大概是七十歲左右吧，隨著年歲褪去顏色的白髮和臉上的細微皺紋給人深刻印象，但銳利的眼神更讓人不由得心驚膽跳。耀從那彷彿已經看穿一切的眼神中，察覺出非人類的氣息。

「……克洛亞大人，我說過很多次了，請不要突然出現。對心臟有害。」

「無言偷偷接近的死神(Grim Reaper)實在讓人笑不出來。」

面對莎拉和柯碧莉亞的指責，被喚作克洛亞的老紳士面帶笑容聳了聳肩。

「那真是失禮了，我這人就是喜歡別人驚訝的表情。那麼，找我有什麼事嗎？」

「啊……是，這位是現在的『No Name』主力，春日部耀。如果方便，可以請您助她一臂之力嗎？」

哦？老紳士睜大眼睛看向耀。

耀慢了一步才點頭致意。根據莎拉對老紳士的態度，他應該是地位較高的重要人士吧？如果不是那樣，身為「階層支配者」的莎拉態度沒有必要如此鄭重。

兩人暫時沉默對望。

於是老紳士突然笑了。

「不講話我可沒辦法知道啊，小姑娘妳不是有事找我？」

「啊……呃……是說，老爺爺你是誰？」

「哎呀，失禮。我忘記報上名號。我是克洛亞．巴隆，基本上，算是你們共同體的前輩吧？」

「前輩……那，你以前是『No Name』的成員？」

「沒錯，基本上算是創始者之一吧？和妳的父親也是老交情。」

克洛亞這句出乎意料的發言，讓耀的心臟猛然跳了一下。

父親的情報讓她吃驚，不過既然這位老紳士是「No Name」的老前輩，必須提問的事情可說是堆積如山。

原本想先問父親事情的耀抑制住好奇心，按照順序提問：

「不過，克洛亞先生至今為止都在哪裡？是和蕾蒂西亞一樣被抓住並賣掉嗎？」

「怎麼可能，把我這種老人拿去拍賣也不會有人喊價……話說回來，關於蕾蒂西亞被當成奴隸賣掉的事情可以講詳細……」

「請自重，克洛亞大人。」

莎拉嗯哼咳了一聲把話題拉回來。

「克洛亞大人似乎是在三年前的戰鬥中被送往外界。聽說是靠著斐思・雷斯小姐……正確說法是靠著『萬聖節女王』的力量被召喚回箱庭。」

「那個戴面具的人？怎麼做？」

「多虧這個。」

克洛亞拿下圓頂硬禮帽，把手伸進帽子的凹洞裡。在圓頂硬禮帽的凹洞裡翻來攪去好一陣子之後，他拿出了一個貓耳型耳機。

耀連連眨眼，才帶著詫異眼神歪了歪腦袋。

「貓耳……耳機？和我的不是同一個？」

「對。不過也不是完全不同。畢竟這是模仿妳那時代販賣的東西並做得一模一樣的系列……順帶一題在我待過的時代裡，這東西是某個偶像的裝飾品並因此售出百萬個的超熱門耳機喔。」

「……？」

耀聽不懂這段話的重點，只能把腦袋往左右歪來歪去。

克洛亞帶著苦笑，只選出要點解釋：

「簡而言之，這個耳機引起了『原本應該在未來發生的活動(movement)，結果卻在不同時代中發生』這種很微小很微小的悖論……妳知道嗎？箱庭裡存在著負責收拾這類悖論的系統。而我是反過來利用這個，讓箱庭這邊特定出我身處的時間流。」

「意思是這現象類似成為時代平衡器的恩賜，或是對英傑的回收召喚吧？」

莎拉這樣補充後，克洛亞點頭回應：

「對。我等將其稱之為『意在修正的召喚』……悖論轉移(Paradox Shift)。不過呢，像這類一時性的活動(movement)造成的微觀或宏觀規模的悖論對大局並沒有什麼影響，所以經常會被放置不管。這次運氣很好。居然能被女王騎士發現，看來我的運氣還能派上點用場。因此才能趕上緊急關頭，這都是多虧了妳喔，耀小妹。」

克洛亞壓著圓頂硬禮帽點頭致意。

耀先多次點頭細細思索剛剛那番話，接著才抬起頭。

「換句話說……是貓耳耳機攔截到類似ＳＯＳ信號的東西……這樣嗎？」

「講得直接點就是那樣。老實說，我還製作了其他各種呼叫救援的機關，但就連我本人也沒有完全預測到會是貓耳耳機被第一個回收。我還準備了『Bootstrap Paradox』，全都成了白費力氣。」

哈哈哈！克洛亞放聲大笑。這個人的真正心思實在難以捉摸。

耀無視他的笑聲，回想起當初斐思・雷斯講過的話。

（話說起來……召喚貓耳耳機時，她有說過「時間的流動很奇怪」之類的發言。那就是因為這樣嗎？）

雖然當初斐思・雷斯說過原因是「生命目錄」，但「生命目錄」並沒有出現這種力量的跡象。或許真正的原因是貓耳耳機吧？

旁聽一連對話的柯碧莉亞似乎很不以為然地嘆了口氣。

「這可沒有什麼好笑呢，Mr.克洛亞。要是引起『Bootstrap Paradox』，那可是規模大到箱庭上層會前去討伐的嚴重事件。萬一哪裡弄錯引發『歷史轉換期（Paradigm Shift）』又該怎辦呢？」

「別那樣說嘛。拉普子的終端也在，所以不會演變成那麼大的事件——而且，司掌『第三永動機』的妳提及『Bootstrap Paradox』才是違反規則吧？因為多虧有這個悖論，妳的存在才得以確立。」

面對克洛亞那瞬間閃過銳利光芒的狡猾視線，柯碧莉亞只能沉默。她甚至產生錯覺，感到連靈魂都被這對彷彿已經看透一切的雙眼貫穿。

判斷克洛亞不是尋常人物的柯碧莉亞提高戒心。

為了緩和現場的氣氛，耀拍拍手提問：

「呃……『Bootstrap Paradox』是什麼？」

聽到耀的質問，柯碧莉亞訝異地說道：

「真是抱歉，Miss 春日部。因為是有名的事情，我還以為妳會知道。簡單來說，那是以十八世紀德國實際存在的貴族，孟喬森男爵為原型的小說裡曾出現過的悖論遊戲——妳有聽說過嗎？例如無底沼澤和鞋子的故事，或是時光機悖論等等。」

「在日本，或許是『先有雞還是先有蛋』這個悖論比較有名。這個妳就有聽說過吧？是認為起因[α]和終結[Ω]為同一的故事。」

看到耀依舊歪著頭，克洛亞伸出援手。

這時耀總算十分理解般地點點頭。

以前，十六夜推薦的ＳＦ小說裡有類似題材的作品。

耀記得那本小說的書名是《吹牛男爵歷險記》。

講到小說中關於無底沼澤和鞋子的故事，就只有一個。

「呃……應該是男爵差點沉入無底沼澤時的章節……為了逃離沼澤，他就把腳往上拉，救自己離開——是這樣的吹牛故事吧？」

「是的。Bootstrap 是靴子後腳跟的圓形裝飾——當然，以物理法則來說，不可能用這種方法來拉起自己。這是把這種矛盾幽默化的作品。講到其他簡單易懂的題材，還有例如 Robert A. Heinlein 撰寫的《By his bootstraps》這種，有關時光機悖論的故事較為有名。」

「？抱歉，那個我沒聽說過。」

耀搖頭後，柯碧莉亞立刻瞪大眼睛半張著嘴講不出話。

她以像是在看什麼難以置信之物的眼神凝視耀並雙手抱胸，一陣子之後才從刻有花蕾旗印的恩賜卡中取出一本書遞給耀。

「這是名作，請務必一讀。」

「……啊……是。」

因為被她的氣勢壓倒，耀只能點點頭。

柯碧莉亞的表情似乎帶著駭人的氣勢，這大概不是錯覺吧。

克洛亞忍著笑意並轉動手杖，繼續話題。

「總之，箱庭諸神也把『Bootstrap Paradox』視為問題，所以妳先看過並沒有壞處。」

「知……知道了。」

「嗯。那麼，妳想問我的事情只有這個？」

「不，正題並不是那方面。」

莎拉先回話後才以眼神對耀示意。雖然剛剛偏離了本題，但耀還有更多其他事情想請教克洛亞。既然他是父親的友人又是「No Name」創始者之一，那麼或許也知道「生命目錄」相關的事情。

耀拿下掛在脖子上的項鍊，在克洛亞面前展示。

「這是我從爸爸那裡拿到的『生命目錄』……是個恩賜，但突然不能用了。克洛亞先生知道原因嗎？」

「……嗯？」

耀遞出「生命目錄」後，克洛亞頂起圓頂硬禮帽的帽緣看了一下。雖然覺得他好像表現出微微猶豫的態度，但下一瞬間他立刻聳著肩膀輕輕笑了。

「……放心吧，這只是一時性的現象，過一段時間後就會確實恢復。」

「真的？」

「嗯。這是使用的力量超過『生命目錄』內蓄積靈格時會產生的現象。應該是為了保護妳本身，所以暫時停止機能吧。」

直到此時，耀才終於露出放鬆的表情。

「是……是嗎……！那，知道要多久才會恢復嗎？」

「這個嘛，要看妳收集到的靈格總量……我想大概一個月之後就可以像以前那樣使用了吧？」

聽到這回答，耀再次垂下肩膀。那樣的話會無法參加這場戰鬥。雖然已經聚集了不少有實力的強者，但戰力應該還是愈多愈好。

正因為看到了希望，反而讓她放低視線，無法完全掩飾沮喪神色。

這時，克洛亞拿著手杖起身，突然一伸手拿走「生命目錄」。

「——不過，也不是沒有立刻就能使用的方法。」

「真的嗎？」

「雖然我還沒有確實證據，不過有個想試試看的方法。可以暫時借走『生命目錄』嗎？」

「啊……嗯，反正現在的我拿著也沒意義。」

現在的耀別說是戰力，根本只是個累贅。

如果「生命目錄」可以復活，那麼這就是最優先的事情。已經站起來的克洛亞·巴隆最後以像是在看著自己孫女的親近視線望向耀，對著她微笑。

「等妳來找我拿『生命目錄』時，我再聊聊妳的父親吧。雖然現在是緊急時期，但應該還是找得出這點時間。妳在他……十六夜小弟使用的房間等我吧。」

「啊……是。」

圓頂硬禮帽的老紳士只說完這些，就如同煙霧般消失。

在彷彿看穿什麼的眼裡，浮現出一絲困惑。然而如果可以聽到父親的情報，就是意料外的收穫。說不定在情報中會有什麼可以脫離這困境的線索。

「總之，當前的問題看來是能解決了。」

「嗯，接下來就是黑兔和飛鳥的事……」

「那兩人不需擔心，在箱庭中也找不出幾個實力那麼強大的人。就算運氣不好碰上阿吉·達卡哈的分身體，也能夠突破危機吧。」

莎拉帶著笑容拍了拍耀的肩膀。然而她不知道，黑兔失去靈格，而飛鳥被拋出時並沒有帶著大部分的恩賜。不能就這樣什麼都不做。

（再去找克洛亞先生商量一下吧，說不定他會有什麼好點子。）

雖然耀很想立刻找克洛亞商量飛鳥她們的困境，但既然他說過要在十六夜的房間見面，那麼在那裡提問或許比較好。十六夜也一定會幫忙提供智慧吧。

在空中堡壘受三頭龍之戰影響而劇烈搖晃的情況下，三人為了處理各自職責而暫時各分東西。

＊

——空中堡壘，別棟。十六夜的病房。

「哎呀～是個好孩子嘛，甚至讓人覺得當你的小孩真是太可惜了。」

「————」

如煙霧般消失的克洛亞．巴隆在空中堡壘角落的別棟中出現。身上綑著好幾層繃帶的十六夜正睡在床上，應該是為了讓身受重傷的他能盡量安靜修養才如此安排吧。

克洛亞利用這安排，在此和某人偷偷會面。

對著躲在別棟窗外的某人講話的他繼續說道：

「不打算見她嗎？她一定會很高興吧。」

「……克洛亞，你為什麼對那孩子說謊？」

躲在陰影中的某人沒有回答克洛亞的問題，而是以責備般的語氣如此回應。聲調中甚至還包含著些許敵意。

克洛亞把圓頂硬禮帽往下拉，露出裝蒜表情，聳了聳肩膀。

「我並不覺得自己說謊，只是有幾件事情沒告訴她。」

「每一件都很重要。不管是關於『生命目錄』，還有你其實是如何被召喚回箱庭的事情。從『Ouroboros』的活動來推論，二〇〇〇年代初期應該發生了更嚴重的悖論。」

「……哼，既然這樣你自己去說啊。你是父親，她是你女兒吧？別把你的責任推給我，囉哩囉嗦煩死人。」

克洛亞放棄原本平穩的語氣，以沒好氣的聲調不屑地說道。下一瞬間他的影子激烈晃動，讓靈格顯現於外。表現出身為神靈那一面的克洛亞，就像是看穿靈魂那般瞪大雙眼。

「十字架男爵（Baron La Croix）」——是巫毒教神群的神靈，也是司掌放蕩低俗之愛的神靈。對於他來說，圓頂硬禮帽和燕尾服是象徵他存在的禮服，也是靈格的本體。所以反過來解釋，除了這個外表特徵，他沒有明確的真面目。只要對方頭戴圓頂硬禮帽身穿燕尾服，無論是誰他都可以附身。

現在的肉體只不過是占用了在外界死去的青年身體。

他的本性是愛好雪茄和蘭姆酒的放蕩低俗之愛的神靈，也是生命的神靈。而這個司掌生命

的神靈現在正指責著躲在陰影處的某人，就像是要看穿對方的靈魂。

「我是基於身為同志的情誼才特別照顧她，你卻講得一副理所當然，什麼時候變得這麼了不起了？如果想對我的方針提出異議，首先該以自己的行動來表示，這樣才叫作誠意吧？」

「……如果能辦到，我早就做了。」

或許是對這番指責感到不服，陰影處的嘈雜聲變大了。顫抖的聲音中帶著悲哀的情緒。沒有不想見女兒的父親。如果能見面，當然想要立刻見面。正因為辦不到，他只能透過老友幫忙。

清楚理由的克洛亞也覺得自己有點太過頭而停止指責。

他按著圓頂硬禮帽嘆了口氣，換回原本語氣聳聳肩。

「總之……關於『生命目錄』，或許該事先知道更多一點知識。總不能讓那麼可愛的女孩重蹈你的覆轍。」

「……抱歉，讓你費心了。」

「真的是。不管是你還是金絲雀，居然都只把重要的地方丟給我，至少也該體諒一下得幫忙扛起責任的人有多辛苦吧。快點給我養成自己的事自己收拾的習慣，真受不了。」

「抱……抱歉。」

那聲音很過意不去地致歉。是因為除了這次的事情，心裡還另外有數吧。從陰影處傳出的聲音聽起來真的很愧疚。

克洛亞無奈地搖著頭站直身子，把「生命目錄」丟向陰影處，傳達要件。

「把你的靈格灌進『生命目錄』裡。先不管能不能熟練運用，對她來說這是必要的力量。為了打倒阿吉・達卡哈，需要那女孩……不，需要那兩人的力量。因為無論我等再怎麼掙扎，都無法打倒『人類最終考驗（Last Embryo）』。」

「明白。處理完『生命目錄』後，我要暫時離開遊戲盤面。」

「那麼外面的事情就交給你，記得見機殲滅分身體的雙頭龍。」

在這句話之後，陰影處的氣息消失了。

一個人留在原地的克洛亞・巴隆用雙手拿著手杖，帶著苦悶表情喃喃自語。

「……話雖如此，在這場戰爭中，會有幾個人能活下去呢？」

「哦？這話可不能當作沒聽到。」

十六夜出其不意的聲音讓克洛亞稍微挑起一邊眉毛。明明他的傷勢嚴重到無法輕易恢復意識，但是為什麼偏偏在這種恰巧時機醒來。

克洛亞在內心咂舌，隨後開口挖苦偷聽的十六夜：

「偷聽真是沒品，十六夜小弟。我真想見見你的父母。」

「你是指親生父母？還是養父母？不管是哪邊，你想見誰就能見誰吧，死神。」

十六夜痛苦地撐起身體並回以諷刺。他的腹部和胸部都裹著繃帶，手臂上也挾著固定用的夾板。毫無疑問，只要稍動一下就會感到激烈痛楚。

雖然克洛亞可以乾脆消失，但十六夜其實執著心很強。即使身負此等重傷，也一定會不顧一切追上來。克洛亞並不希望害他傷勢惡化。

他死心般地聳聳肩膀，頂起圓頂硬禮帽的帽緣後開口發問：

「雖說你靠獨角獸的角保住一命，但我希望你可以繼續老實休息——所以，你找我有什麼事？」

「我有事要問你，而且還不只一兩件。包括『Ouroboros』、三年前的往事、還有『No Name』的同伴和金絲雀的事情。再來是從異世界被召喚來的我們幾個人之間的因果關係……如果是你，應該能回答所有問題。是這樣吧，『燕尾服男爵』？」

「……唔。」

好啦，這下該怎麼辦呢？克洛亞轉開視線猶豫了一會。

要回答十六夜提出的那些事實，對他來說並非難事。畢竟他是籌謀安排的人之一，而且應該也只要揭明重點要素就以足夠。

然而這個死神的個性卻沒有那麼好心到願意乾脆回答。

「這個嘛……對我來說，回答你的疑問是件小事。但是我希望能獲得一定水準的代價。」

「哦？幫助『No Name』的行動不能算是代價嗎？」

「喂喂，別講出這種降低自身品格的發言。沒有對『No Name』見死不救，是你基於自己的意志接受並採取的行動吧？」

十六夜不高興地皺起眉頭。的確，他幫助「No Name」的行動全都是基於自身的判斷。拿好意來討價還價是一種賣弄恩情的行為。

「話雖如此，若維持這種狀況，我也算是沒有盡到道義……嗯，那麼我只回答一個問題吧。」

克洛亞敲響腳跟，俯瞰著十六夜。

用雙手舉起手杖的他露出笑容，知曉一切的雙眼綻放出光芒。

「你們被召喚的理由並不是為了救濟『No Name』，另有其他真正理由。所以你們是為了達成那個真正目的，才會被召喚來這個箱庭。」

「……我想也是。如果目的是要重建『No Name』，只要有我們三人中的任一個就夠了。」

雖然會影響復興的快慢，但他們三人即使只有自己一個人，也能夠重建起「No Name」吧。之所以可以用半年這種驚人的速度去達成土地再生和擊敗兩個魔王的大功勳，是因為湊齊了他們三個。

然而無論共同體有多麼重要，要主張這就是讓三名擁有人類最高峰恩賜的人物齊聚一堂的理由，還是有些薄弱。

認定背後還有其他理由應該是妥當的推論吧。

「那，所謂的目的又是什麼？打倒『Ouroboros』嗎？」

「那也是其中之一，不過現在的你們另有必須優先打倒的對手。我想十六夜小弟你也知道

是誰吧？」

克洛亞按著圓頂硬禮帽，不懷好意地咧嘴露出犬齒而笑。

十六夜瞇起眼睛看向窗外。

「『人類最終考驗（Last Embryo）』——『絕對惡』的魔王。意思是只要能打倒那傢伙，你就願意說嗎？」

「沒辦法，破解最終考驗是你們被賦予的使命之一。除非能打倒他，否則箱庭沒有未來。如果你們真的能夠戰勝他……我就說明一切吧。」

解釋一切。聽到這句話，十六夜瞇起的眼睛裡閃著光芒。

「我可聽到你的諾言了，可別反悔啊，死神。」

「那當然，神不可能撕毀和人之間的契約。我會按照承諾，針對一切開端的三年前……不，連更久之前的事情也毫無虛假地回答你吧。

『Ouroboros』到底是什麼？

『No Name』為何毀滅？

還有基本上，箱庭的世界又是什麼？

以及逆廻十六夜為什麼會被金絲雀選上……不，只有這件事可以現在就回答。」

「嗚！」

聽到金絲雀的名字，十六夜有點緊張。如果是從她本人口中說出的事實，還不需要這樣的心理準備。但這神靈要另當別論。十六夜認為話語和事實光是從這個不是掌管善惡，而是司掌生命的神靈口中講出，就已經有可能成為威脅，因此抱著警戒。

然而克洛亞卻擺出對這種事渾然不覺的態度，帶著凶惡笑容繼續說道：

「好啦，該從哪裡說起呢？首先是……對了，必須從和那個三頭龍不同的另一個『人類最終考驗』——敵托邦魔王的事情開始才行。」

「……敵托邦？你是指反烏托邦文學的那個敵托邦？」

「沒錯。一切都是從那傢伙打算把箱庭世界……不，打算把人類史本身當成『箱中世界』封鎖起來的行為開始。」

賢神用手杖前端指向十六夜，開始敘述。

之後，十六夜立刻突然受到睡魔襲擊。雖然要打敗睡魔是輕而易舉，不過十六夜卻故意接受這份睡意。

於是他終於知道。養母金絲雀留下的軌跡。

還有名為逆迴十六夜的少年所背負的命運。

——北區，未開拓的樹海。

飛鳥在這片樹海裡，第一次體驗到什麼叫作「寂靜的世界」。

野鳥讓森林樹木搖晃的聲音。

野獸躡手躡腳竄過樹海潮濕土壤的動靜。

飛鳥豎耳聆聽在林中迴響的各式各樣叫聲，把柴薪放進用來取暖的火堆裡。

「好安靜……說不定這是我來到箱庭以後第一次經歷這麼安靜的時間。」

「…………」

黑兔低著頭沒有任何回應。她已經抱膝沉思好幾個小時，只是偶爾會重複做出把樹枝丟進火裡的動作。

雖然飛鳥並沒有直接發問，但黑兔離開「煌焰之都」時，大概發生了什麼有強烈衝擊性的事件吧。被阿爾瑪特亞保護後，黑兔一直是這種狀態。

她大概是不想被焦躁和不安支配才不願開口，然而這種行為反而讓飛鳥更加擔心。如果是以前的黑兔，在這種時候她更會努力打起精神，想辦法緩和氣氛吧。

思考到這邊，飛鳥甩甩頭像是要換個想法。

（我這笨蛋。就算黑兔總是擔任開心果的角色，連這種時候都要求她實在太過分了。不可以對失去力量的黑兔造成更多負擔，我必須振作才行！）

嗯！飛鳥鼓起幹勁。

她判斷正是因為處於這種苦境，現在更應該發揮傳言中的「女性力量」。雖然不明白這個詞語的正確意思，但對於昭和女性的飛鳥來說，她將所謂的「女性力量」解釋成賢內助的功績——換句話說，是女孩子應該要成為幕後功臣的意思。而現在，正是該把在箱庭鍛鍊出的溝通能力拿出來好好發揮的時候。

下定這種決心的飛鳥雖然明知得不到回應，但還是繼續講著一些漫無目的的話題。

例如當初剛被召喚到箱庭，還沒弄清楚狀況就被丟進湖裡的事情。

打贏和「Fores Garo」的戰鬥，宣布「No Name」要重新出發那時的事情。

還有和「Perseus」、「黑死斑魔王」，以及在「Underwood」發生的戰鬥。

……回顧起來，在不到半年的時間內，自己等人還真是經歷了不少戰鬥。

「我們來到箱庭以後，黑兔妳對什麼事情最有印象？」

飛鳥把想講的事情都說過一輪後，再次把話題丟到黑兔身上。

雖然她意氣飛揚地開始行動，但已經想不出還有什麼好說。所謂會話必須有來有往才能繼

續，如果其中一方一直不願回應，當然會把題材都用完。

樹海樹木搖晃的聲音，還有蟲子和野獸的鳴叫聲更加突顯靜默。

臉上掛著笑容，背上卻流著冷汗的飛鳥繼續等待。

依然抱著膝蓋的黑兔沉默了一陣子之後，才唐突地開口說道：

「……飛鳥小姐會後悔嗎？」

「後悔？後悔什麼？」

「後悔來到箱庭。」

——飛鳥瞪大眼睛。

黑兔這句話完全出乎她的意料。

但同時，久遠飛鳥也終於理解。

她究竟在煩惱著什麼。

「黑兔，是不是十六夜同學發生了什麼事？」

聽到飛鳥的問題，黑兔身體發抖像是在畏懼什麼。光是這樣，就讓飛鳥大致掌握到出了什麼事情。這就是黑兔保持沉默的原因。

雖然阿爾瑪特亞沒有交代清楚，但十六夜在那時肯定已經受了重傷。沒說實話是她不想讓飛鳥趕去救援的忠誠表現吧。

還是抱著膝蓋縮成一團的黑兔沒有回答飛鳥的提問，繼續自顧自說道：

「召喚出各位後，人家……還有『No Name』都整個改變。雖然您可能無法相信……但以前根據地裡籠罩著更陰鬱的氣氛，光是要努力活著就已經竭盡全力。剩下的少數同伴，也因為生活太困苦而接二連三離開。其中，甚至還有拋下自己小孩的人。」

這是飛鳥第一次聽說的事情。

然而考慮到箱庭這世界的文化，或許可以說是理所當然。

大型的共同體維持生計的主軸，是靠著舉辦名為「遊戲」的娛樂活動。大部分的買賣都只是副業。

無論對組織多麼留戀，失去旗幟和名稱後，就不可能再度舉辦遊戲。所以當然很少有人願意繼續留在組織本身已經被宣告死刑的共同體裡。

有些人是為了保護家人所以離開，也有些人捨棄了家人。

對於「No Name」來說，落日後的三年肯定是地獄般的日子。

「人家並不打算責怪那些離開的人。在箱庭那是經常發生的事情，反而是我們比較奇怪。只要放棄堅持並宣布解散共同體，至少還能夠避免他們叛離，當時就是這樣的狀況。如果創立了正式的共同體——各位就不會被這麼沒出息的共同體召喚。十六夜先生也是，應該就不必賭命去打那麼殘酷的戰鬥。」

講到最後，黑兔的聲音裡已經帶點哭音。

聽到黑兔這種和平常判若兩人的洩氣發言，讓飛鳥也不知道該說什麼。雖然知道黑兔在煩

惱，但沒想到她對自己苛責到這種地步。

飛鳥反射性地想要反駁，但在即將開口之前改變心意。因為一時之間，她也不知道該對這種深陷死胡同的人說些什麼。不管飛鳥說什麼，黑兔都會繼續自責吧。

——飛鳥並不知道，黑兔在兩百年前遭遇過類似的狀況也因而失去雙親。

為了讓黑兔逃離三頭龍而喪命的雙親，和十六夜的背影實在過於相似。她的不安和恐懼正是源自於此處。

衰敗時那燃燒般的過去，在腦海裡盤據不去。

兩人的對話也到此中斷，沉默支配了現場。

只有穿過樹海的夜風造成聲響，讓篝火隨之晃動。

還以為這情形會持續到黎明——但突然，飛鳥輕聲說道：

「我……來講一些無關緊要的事情吧。」

「…………？」

「是我過去世界的事情，之前我應該只有提過時代之類的大略狀況——是了，從我的家人和學校的事情開始說吧。」

飛鳥把長髮往上撥，收起笑容。

黑兔的表情到這時才第一次有了變化。其實飛鳥比十六夜和耀更不願提及自己的環境。雖說十六夜和耀也不至於主動開口，但只要發問，兩人起碼都講過關於家人的事。飛鳥雖然也有說一點財閥和以前時代相關的情報，卻只對故鄉的詳情頑固地絕口不提。

縱使不清楚飛鳥的心境到底有什麼變化，但黑兔還是表現出要靜靜聆聽的姿勢。

「不過……要從哪裡開始講起呢？我以前有說過自己被送進女生宿舍吧？」

「啊……是。」

「那就從這件事的原委開始說起——或許妳會感到意外，但十歲以前，我一直是去學堂上課。雖然那是個嚴格的地方，但我有交到不少朋友，也受到教師們相當程度的信賴，和親戚間也沒有那麼複雜。就連成績——以我那時代的範圍來說，算是很優秀。嗯，毫無疑問。畢竟我可是順位第一的當家候補。」

飛鳥得意地稍微挺起胸膛。

由於她來自第二次世界大戰剛告終的時代，多少有點不知世事，但這樣並不代表飛鳥腦袋不好。說自己以前成績優秀的發言肯定是事實吧。

還有交到朋友，受到信賴，和親戚關係良好等等肯定也沒有誇大……至少，在她被送入女生宿舍之前確實如此。

「後來周圍的態度開始一點點……真的是開始一點點改變。有時候人們會用懷疑的眼神看我，或是露出像是在看什麼恐怖東西的視線。雖然我也對於周圍過度配合的狀況感到有些奇怪，不過我自信這一切都源自於對我本身的評價和信賴，所以並不是那麼在意。」

久遠飛鳥是個心智堅強，而且正義感強烈的少女。

即使碰上無端指責或抨擊，她也會以有條不紊的口才和態度來排除吧。不過即使是這樣的她，也無法抵抗所有來自周圍的壓力。

當時的飛鳥只是個不知道恩賜是什麼的年幼十歲少女。

即使已經確定她會被送進全員住宿制的學校並遠離親人，飛鳥也不可能產生意圖全力反對的想法。

「但是啊，就算發生這種事，我還是相當積極正面。即使確定必須轉學到位於深山，跟隔離設施沒兩樣的地方，或是必須住進新學校，我還是像這樣握起拳頭，自己說道──

『為了挽回身為優等生的名譽！換個心情好好加油吧！』」

「……嘻嘻，很有飛鳥小姐的風格呢。」

看到飛鳥拚命想要炒熱氣氛，黑兔忍不住笑了。

這笑容反而讓飛鳥煩惱起是不是該講到這裡就好。

不過她又轉念覺得不講到最後就沒有意義，因此帶著困擾笑容繼續說道：

「總之，帶著熱誠前往新學校的時間並沒有維持多久。畢竟那裡位於深山的森林中，所以各方面都很不便。要經過險峻的山道和懸崖才能到達位於山麓的城鎮，女生宿舍四周也聳立著混凝土牆，經常有警衛巡邏。跟監獄簡直沒有兩樣。」

「…………」

「住進出入都需要取得許可的女生宿舍後，第一天晚上……我整理好行李正打算睡覺，舍監卻衝了進來。我還在想是出了什麼事，舍監就一臉蒼白地這樣說：

「『妳的朋友們渾身是血地溜進了女生宿舍。』」

黑兔懷疑起自己的耳朵，要是兔耳還在，一定會整個往旁邊歪吧？而且既然說是朋友「們」，代表去見飛鳥的人不只一兩個。

飛鳥帶著自嘲笑容望向天空。

「我還以為是在開玩笑。不過我的確認識那些來見我的人，每一個都是從小就和我感情很好的朋友……嗯，老實說，我把他們都當成摯友。他們為什麼會跑來這種深山裡見我呢？我一問理由……他們就楞楞地這樣說道——」

「是飛鳥妳以前自己說過的呀，說我們是朋友——所以要一輩子陪在妳身邊。」

——額頭上滴下鮮血。

越過險峻的山路。

不抱任何疑問。

被自己認為是摯友的這些人，帶著詭異的笑容說出那些話——

「這瞬間……就算是我也終於懂了。原來我的發言有扭曲別人意志的力量。周圍的人說得沒錯……原來我真的是個會蠱惑人心的魔女。」

看到飛鳥似乎很難為情地講著往事，黑兔無言以對。

更覺得剛才自己沒想仔細就笑了的行為很丟臉。

雖然飛鳥講這些事情時保持著開朗態度，但當時她周遭人們的態度肯定完全改變。絕望和衝擊也會比她形容得更加嚴重，但年僅十歲的少女卻必須去承受。

周圍的視線中當然會出現疑惑和恐懼，但也包含了爭奪繼承權和背叛吧。

如果不是那樣，在重男輕女思想強勢的昭和時代還能深受期待甚至被推舉為當家候補第一順位的才女，怎麼可能會被丟進深山的隔離設施裡。

前面也有提過，久遠飛鳥是個心智堅強，而且正義感強烈的少女。

每當她開口試圖改正時，不管飛鳥本身想法如何，都會封殺對方的意見，扭曲對方的意志。過去堅信自身潔白，保持條理分明抬頭挺胸態度的少女，卻被殘酷的現實擊垮。

真正錯的人是我——原來……我是蠱惑人心的魔女。

「那……那麼……您和朋友後來怎麼樣了？」

「那次之後就沒再見面了。雖然陷入錯亂大吼大叫講了很多事情，但洗腦好像有解除。應該過著正常的生活吧。」

那麼，飛鳥小姐您呢？黑兔原本想反問，又慌忙閉上嘴。

察覺到這一點的飛鳥伸了個懶腰繼續說：

第五章

「後來的我和現在一樣，畢竟我天生就是這種個性。只不過是受了點挫折，當然不可能被矯正。所以我後來對於自己認為正確的事情還是主張是對，錯誤的事情還是主張是錯。如果硬要找出改變的地方……那就是我再也無法相信周遭人們的真正心意，只有這個而已。」

在強制戴上面具的世界裡，隻身一人持續主張自己是正確和正義。這是多慘的情況，是唐吉訶德也比不上的滑稽。乍看之下雖是喜劇，但這絕對不是喜劇。

在這世上，沒有比「無法共享的正義」，以及「不會對立的惡意」更缺乏意義的事物。

這不是孤獨又是什麼？不是悲劇又是什麼呢？

不需要被關進深山的監獄裡，久遠飛鳥自出生起就已孤獨。

「……飛鳥小姐為什麼要跟人家說這些話呢？」

黑兔戰戰兢兢地發問。對久遠飛鳥來說，剛才那番話應該是不想告訴任何人的黑暗過去。至今絕對不願意提及的往事，為什麼現在卻改變心意呢？也難怪黑兔會感到疑問。

飛鳥沒有立刻回答，只是繼續望著天空保持沉默。

當月光從雲層後方露臉時——飛鳥站起來，帶著耀眼的滿臉笑容對黑兔說道：

「所以黑兔，真的很謝謝妳把我叫來箱庭。」

那是比星星比月亮都更耀眼，不帶任何憂愁和羞愧的笑容。

率直得像是在反應久遠飛鳥的靈魂。

「……啊……」

黑兔到此時才終於回想起來，眼淚也再次湧上。

看到黑兔被陰鬱的情緒支配而忍不住表露出脆弱，飛鳥拚命地試圖承受。而她為了讓黑兔不要繼續自責，努力思考該怎麼做的結論，就是坦白講出自身過去的丟臉往事。

──真的很謝謝妳把我叫來箱庭。

「捨棄家族、友人、財產，以及世界的一切，前來我等的『箱庭』。」

謝謝妳送來這種充滿挑釁的美妙信件。

那是帶著對箱庭生活每一天的感謝，出自真心的滿足笑容。

「人……人家才是……對於飛鳥小姐和其他兩位願意回應召喚……讓人家真不知道到底該如何感謝……！人家……倫……倫家真的……！」

來到箱庭的人是你們，真的太好了。

黑兔雖然想這麼說，但眼淚和鼻水卻讓她講不出話。飛鳥帶著苦笑拿出手帕遞給黑兔。

「十六夜同學一定沒問題。因為他至今為止都沒問題，所以這次肯定也沒問題。」

「是……是的……！」

「我不知道那傢伙是最強的弒神者還是什麼，反正不是我們的對手。趕快打倒那種傢伙，大家一起回根據地去吧。仁小弟也有一定知名度了，差不多該來嘗試擔任遊戲主辦方應該也不錯。是吧？」

「是的……是的……！」

絕對要回去。無論敵人多麼強大，都要大家一起活著回去。每當飛鳥這樣說時，黑兔就感到內心點起溫暖的燈火。

這份溫暖不是魔女的詛咒。如果在胸中點燃的這份溫暖是詛咒，那麼世上的恩惠必定也全是詛咒。

黑兔擦去眼淚，帶著滿臉笑容轉向飛鳥。

卻在草叢陰影處看到絕望。

「飛鳥小姐，請趴下！」

黑兔拉著飛鳥的衣領，強制她趴下。

這突如其來的行動讓飛鳥吃了一驚，但理由卻在下一瞬間就立刻揭曉。

有個壓倒性的威壓感從兩人頭上跳過。如果飛鳥還站著，恐怕已經被咬爛，五臟六腑也掉得到處都是了。

跳過她們頭頂的襲擊者——純白雙頭龍的紅玉雙眼泛出光芒，張嘴大吼：

「GEEEYAAAAaaaa！」

原本寧靜的樹海之夜響起凶猛的吼叫。

飛鳥揮動唯一帶在手邊的「哈梅爾的破風笛」，讓樹木獲得模擬神格並下令：

「可惡……！在我們逃脫之前，必須阻止雙頭龍！」

樹木像是獲得生命般發出鼓動。

森林的樹枝化為千根箭頭，樹幹成為百把尖槍，貫穿雙頭龍的四肢。就算原本只是普通的樹木，獲得模擬神格的這些樹卻遠比普通武器更為強力。

然而做為代價，樹木會急速凋萎成為枯木，彷彿已經用光了生命。這次和之前不一樣，並不是慢慢地讓土地本身化為神殿。

被模擬神格燃盡靈格的樹木轉眼間就成為枯木並一一崩毀。

他的血液又產生出一頭龍，讓敵人的數量逐漸增加。飛鳥原本判斷就算數量增加，若雙頭龍只有一隻還是能逃掉，這時卻聽到黑兔的慘叫而回過頭。

雙頭龍雖然噴著鮮血，但還在用力咆哮。

「飛鳥小姐！還藏著一隻！」

擁有灼熱身軀的雙頭龍出其不意地攻擊飛鳥。然而拿出來當飲水來源的水樹樹枝在先前的命令中已經獲得模擬神格，並為了保護飛鳥而放出水流。

水流和噴火互相衝撞，引發幾乎完全覆蓋周遭一帶的水蒸氣，遮擋視線。

認為這是大好機會的飛鳥握住黑兔的手，開始往前跑。

「快逃吧！」

「可……可是要逃到哪裡？」

「既然有雙頭龍，表示這裡距離『煌焰之都』並不會太遠！只要能和阿爾瑪特亞會合，還有獲救的機會！」

雖說只能聽天由命，但也只能賭上這個機會。幸好在樹海裡發現似乎是灼熱的雙頭龍跑來此處時留下的痕跡，只要沿著痕跡走，或許還能有辦法。

「絕對……絕對要活著回去！」

不能結束，不能在這種地方結束，絕對不能結束。

不能拋下年長組們死去。

還沒取回旗幟。

還沒取回名號。

還沒打倒仇敵的魔王。

還沒有舉行過萬聖節活動！

怎麼能在連一個目標都還沒達成的情況下結束呢！飛鳥以全力往前跑。

然而在面對雙頭龍時，這是過於魯莽的行動。

「GEEEYAAAAaaaa！」

雙頭龍的咆哮瞬間吹散籠罩這一帶的水蒸氣。光是這樣，纖弱的飛鳥和黑兔就宛如枯葉般地被吹飛。

兩人全身都撞到樹上，像隻小蟲般痛苦翻滾。

過去都是因為有阿爾瑪特亞這個強大的屏障才能戰鬥，只擁有人類身體的飛鳥光是受到神靈的氣息，就有可能失去性命。

在樹海裡翻滾，後腦並撞上樹幹三次的飛鳥出現腦震盪，即使視界搖擺不定，她還是抬起頭表現出戰鬥意志。

然而灼熱的氣息已經逼近飛鳥眼前。

「…………」

這步步進逼的火燙空氣讓飛鳥不寒而慄。

連還在左右搖晃的腦袋也能理解。

飛鳥眼中因為悔恨和歉疚而盈滿淚水，並做好喪命的心理準備。

「飛……飛鳥小姐！」

黑兔朝著飛鳥和雙頭龍這邊跑來。

她同樣全身受到撞擊甚至差點吐出來，但她對自己毫不關心。憑現在的纖細手臂無法抱起飛鳥吧，或許一切都是白費力氣……即使心知肚明，黑兔還是在樹海中往前衝。

就像在遙遠過去——佛教故事中「月兔」奉獻自身那樣。

為了保護最愛的同伴，黑兔跳進了灼熱之中。

＊

——「煌焰之都」，附近的樹海。

和鋼鐵天使交戰卻慢慢被逼入絕境的鈴等人看到在樹海深處燃起的火柱後，察覺有雙頭龍在附近戰鬥。

鈴一邊丟出手上最後一把小刀，同時狠狠咂舌。

「是誰在和雙頭龍戰鬥……？」

響遍樹海的咆哮和火柱引走她的注意力。鋼鐵天使沒放過這個破綻，利用空間跳躍瞬間縮短距離，對著鈴揮下大劍。

然而那把大劍無法碰到鈴。

她擁有能操縱相對距離的恩賜，在保護自身時可以稱為最強之一。因為所謂「操縱相對距離」等同於能夠間接操縱對象物的到達速度和到達時間。

突然失去速度的大劍繼續以遲緩的動作揮空。

這次換成混世魔王的龍炎和奧拉的豎琴逮住破綻出手。

「快配合我，老女人！」

「誰是老女人！」

奧拉橫眉豎眼地撥動黃金琴弦。這把豎琴附有凱爾特神群的神格，能操縱天候喚來雷鳴。

天雷如雨般往下傾注，貫穿鋼鐵天使的身軀。

閃電和火焰粉碎鋼鐵裝甲並籠罩住天使，然而破壞的部位卻立刻被修復。很明顯，兩人的攻擊沒有效果。

「嘖！這代表就算只是木偶也依然是神靈嗎！喂喂！怎麼辦？憑我們的火力無法徹底打倒他啊！鈴小姑娘！」

「這我也知道！只是至少要先弄清楚他是以哪裡的天使為原型……！」

不管第三永動機的靈格再怎麼強大，應該也達不到憑自身構建神群的程度。雖然外表和骨骼看來像是未知的天使，但核心靈格肯定是向現有的神群借用。畢竟隸屬於「Ouroboros」的成員並不是只有魔王。

（是誰……？是誰把靈格借給馬克士威？不對，是誰有能力借他？）

講到天使，大部分的人最先都會聯想到聖經中記載的神靈吧？然而實際上被稱為天使的神靈，卻包括了 Angel 或 Cupid 等，可說是各式各樣。

在舊約、新約聖經和希臘神群以及羅馬神群裡都有……例子多不勝數。

（和「Ouroboros」同陣線的神群，而且和第三永動機可能有關係的神靈……例如為了開發第三永動機而投資的財團去借用了神群的旗幟……往這種方向思考如何……？）

例如希臘神群的「Kerykeion」就是一個例子，他們把旗幟借給從一九〇〇年代後期到二〇〇〇年代這期間內設立的財團和商業學校。阿爾瑪特亞則是把名字借給神盾系統(Aegis System)，藉此讓靈

格更為提昇。

然而如果天使的核心來自這個領域，就完全超出了鈴的知識範疇。

（為了完全打倒這傢伙，必須知道和第三永動機有關的組織或財團，否則無法辦到！然而除非是來自二〇〇〇年以後，或是更遙遠未來的外界人，就不會有這些知識——）

鈴讓大腦高速運作。這時，突然有強烈的光芒從背後來襲。

「呀啊！」

特別響亮的雷聲撼動天空，但那不是奧拉操縱豎琴放出的閃電。耀眼的雷光連續從地面衝向空中，照亮夜空。

閃電怎麼可能從地上發出？感到不對勁的仁從格萊亞背上探出身體往下俯瞰。只見那神祕的雷光是來自於先前的火柱中心。

「雷光……？」

可是實力一般的人無法授予使用閃電的恩惠。正如「神鳴」這個名稱，這是獲得天空神或主神級的助力後才有可能行使的恩惠。（註：「雷」在日文中也可以寫成「神鳴り」）

仁思索著到底是誰在使用閃電，但不消多久，雷光就更加強烈並讓樹海開始燃燒。

連隔著一段距離的仁等人的視界也被藍白色光芒籠罩，一行人都停下腳步。遠方的閃電和奧拉剛才使出的閃電可說是天差地別，正在無止盡地不斷迸出而且還愈來愈強大，讓人懷疑是不是打算燒光整片樹海。

看到彷彿在鼓舞自身生命的激烈閃電，仁瞪大雙眼倒吸一口氣。

「該不會……是她……？」

講到有能力驅使此等閃電的存在，仁只認識一個。

在一道特別強烈的雷光充滿這一帶的瞬間——使用者和煉獄一起現身。

＊

黑兔被灼熱的氣息吞沒，感覺到自己的四肢逐漸被燒爛毀壞。

但是被燒燬的不只是四肢。

還有才剛開始看見希望的明天。

在共同體度過的溫暖生活。

以及和來自異世界的問題兒童們一起留下的軌跡，全都虛幻地熊熊燃燒。

這一切都是自不量力的愚者的一夜幻夢。既然要毀滅，明明只有自己等人毀滅就夠了，真不該硬是賴著他們的溫柔善良，最後甚至害他們也被牽扯進沒落的結局。

不該召喚他們前來箱庭。

彼此也根本不該相識。

即使被吹捧為箱庭貴族，在關鍵時刻自己又能做什麼？只是被他們閃耀的才能還有前途給

矇了眼，躲在後面開心慶祝而已吧？

心裡有無窮的悔恨，謝罪的言論已經無法傳達給對方。

當黑兔彷彿反省一切般地受到灼熱焚燒，準備迎接死期時——

夜空裡響起震撼天地的轟雷，彷彿要傳授天啟。

（嗚……？）

生與死的境界和七道光一起充滿視界。在黑兔的身體即將被燒盡的臨終前剎那——遙遠過去的殘光映入她的眼中。

「…………」

頭上是整片的蔚藍大地，左右是生命沒有生存空間的灰色地表和隕石坑。黑兔沒花多少時間，就理解這個光景是月面。

看來月面發生了一場大戰。

「月界神殿（Chandra Mahal）」周圍散落著似乎是佛門的旗幟，還有三頭龍背上的惡之旗幟。但是眼前背負著那旗幟的人並非三頭龍。

而是一個抱著似乎是月族巫女的兔族屍首，哭泣抽搭的戰士。

全身負傷流著鮮血，戰到刀斷箭盡的他並不介意這些事情，而是發出嘶吼般的哭聲並抱緊屍體。

——為什麼要保護我？

此身反正是天生的惡神。

明明被哪個人打倒，正是魔王的宿業啊——！

這滂沱的淚水和悲痛的叫聲，讓黑兔明白戰士的身分。

他是和「拜火教」的阿吉．達卡哈同樣背負著「惡」之旗幟出生，後來卻被稱為善神之首的人。

好酒、好女色、好戰，同時還深愛人性善良的善與惡之神靈。

軍神「帝釋天」。

這種不顧羞恥也不顧體面，愛憐地緊抱著女性的屍體並不斷哭泣的身影，讓人完全不覺得他是惡神或魔王。為了在戰禍中消逝的生命哀嘆的樣子，已經連神靈都算不上。那小小的背影反而很類似人類的渺小。

（這個兔族的巫女……難道是……？）

在佛門與帝釋天的最終戰爭中，挺身保護已經準備要以魔王身分遭到討伐的他，宛如虛幻般失去生命的兔族少女。她全身到處都焦黑崩毀，就像是曾受到煉獄的火焰燒灼。

已經斷氣的巫女即使處處負傷，嘴邊還是浮現著滿足的笑容。兔族少女死後的臉上，只留下因為成功保護最愛之人到最後而放心的表情。

兔族的少女奉獻自己的一切，改變戰士身為惡神的命運。

眼前的悲劇才是佛教故事「月兔」的真相……黑兔在灼熱中領悟到這一點。

（我的主神……我的祖先……！）

目睹遙遠祖先這虛幻但尊貴的赴死之姿後，黑兔振奮起自己的靈魂。

就算失去靈格，失去恩惠，但她並沒有失去「月兔」的高潔氣骨。如果說兩百年前的悔恨束縛著這個身體，如果為三年前的落日深感痛苦悲傷，那麼不趁這次機會一雪舊恨，又能在何時動手呢？即使會就這樣落入地獄，即使會遭到煉獄烈焰焚燒，要是沒能守護同志到最後，死也無法瞑目。

——謝謝。有人願意對只是在依賴他人的自己這樣說。

——我們是同伴。有人會開心地這樣稱呼自己。

——我會拯救你們。有人強而有力地拉著自己前進，直到今天。

所以無法結束。

不能以這種形式結束。

這次，一定要保護同伴到最後！

既然此命將絕，至少要為同伴犧牲。我的生命啊，現在正是熾烈燃燒之時……！

「啊啊啊啊啊啊啊啊啊啊啊啊啊啊啊啊啊啊啊啊啊啊——！」

隨著這聲臨終的慘叫，黑兔的全身也被燒光——同時，她發出誕生時的最初哭聲。

被燒燬的四肢和閃電一起再生，緋色長髮化作紅色閃電擊穿灼熱之炎。而她的頭上，長著註冊商標的兔耳。

身穿以神話時代的縫製技術製作的服裝，對天地神明轟出雷鳴。

這並不是黑兔的靈格恢復了。

而是體現出「月兔」的傳承，超越死亡並轉生的新生黑兔。

「黑……黑兔……？」

視線被眼前光景深深吸引的飛鳥也明白黑兔身上發生了什麼事。

她額頭上浮現出帝釋天的神紋。雖然比不上飛鳥的力量，但那毫無疑問是神格的證據。

黑兔為同志獻身的行動，讓帝釋天的神格降臨到她身上。

「準備受死吧，雙頭龍！」

黑兔身上帶著威力和過去有天壤之別的神雷，挺身站在雙頭龍面前。

原本已經朽壞的金剛杵(vajra)新生成為前端覆蓋著藍色閃電的槍，在黑兔的手中喚醒雷鳴。

雙頭龍發出刺耳怒吼並放出灼熱，黑兔卻沒有閃躲直接往前衝刺。黑兔原本就被授予近似神靈的靈格，現在再加上帝釋天的神格，讓她的性能提昇為過去的數倍。

黑兔光靠著覆蓋全身的帶電閃電就彈飛雙頭龍的灼熱，將雙頭龍的身體一刀兩斷。

「GEEEYAAAAaaaa！」

雙頭龍燃燒後倒下，化為焦炭。

但敵人不僅一隻。

全身純白的雙頭龍利用強大的身體能力，瞬間繞到黑兔的側面揮動凶爪。然而黑兔卻反射性地把金剛杵換到另一隻手上，讓爪子沿著槍柄滑開，再用槍尖斬斷雙頭龍的一個頭顱。

鮮血如噴泉般湧出，散落於樹海中。

雙頭龍流出的鮮血立即化成大蛇和鱷魚襲擊黑兔。

數量遠超過十或二十。

大量的有害動物從天而降，幾乎讓人錯以為自己身在蠱毒罈中。這是能在數秒內讓敵人屍骨無存的毒牙之雨，卻被黑兔使出紅色閃電，一擊將其燃燒殆盡。

「好厲害……！但是，那神格是……！」

飛鳥雖然還不成熟卻已經看穿。現在依附在黑兔身上的其實並不是神格，而是模擬神格。

雖然賜予的力量規模並不相同，但是和飛鳥使用的能力屬於相同系統。

模擬神格是會消耗本人生命的雙刃劍。

現在，黑兔正是靠著燃燒生命來戰鬥。

「夠了……！已經夠了！所以妳快逃啊，黑兔！現在的妳應該可以逃走！」

即使全身的骨頭和肌肉都在嘎吱作響，衣服化為燒焦身體的火焰，黑兔也沒有停止戰鬥。

失去一顆頭顱的雙頭龍即使身受重傷，但憑飛鳥的力量依然無法對付。

就算這身體將會被燒燬，要黑兔在這裡停止戰鬥，也是絕對辦不到的事情。

「……嗚……啊啊啊啊啊！」

不能退！不能退！

怎麼能夠後退！

一旦後退，同志就會死！

（我的主神……！請您再多賜予一些恩惠給人家……！）

黑兔又召喚出第二、第三、第四把金剛杵，全部瞄準雙頭龍。

她才命令攻擊，下一秒雙頭龍就下了個很大的賭注。

「ＧＥＥＥＹＡＡＡａａａ！」

雙頭龍逮住黑兔射出閃電和金剛杵後會稍微僵住的短短時間，發動決死的襲擊。雖說萬一被直擊到肯定會毀滅，但這決死的膽量卻略高黑兔一籌。

化成長槍的金剛杵在近身戰中會較為不利。純白的雙頭龍沒有屬性，卻因此擁有比其他雙頭龍高的性能。黑兔和雙頭龍都發揮出超高的身體能力在樹海裡奔馳，不斷進行若即若離的攻防。

雙方穿過樹海來到較為寬闊的地方後，遇見仁一行人以訝異的語氣迎接他們：

「黑……黑兔！果然剛剛的雷鳴是妳嗎！」

仁向戰鬥中的黑兔提問，但卻沒有收到回答。

集中在戰鬥上的她聽不見任何聲音。

對雙方的激烈戰鬥產生反應的人，反而是鋼鐵天使。

「La……Ra……！」

他第一次發出像說話的聲音，同時朝著黑兔揮下大劍。然而取回兔耳的黑兔擁有壓倒性的情報收集能力。如果是周圍一千公尺以內，現在的她幾乎可以完全掌握，奇襲根本不會成功。

黑兔往後翻滾避開來自後方的襲擊，確認兩名敵人在同一條直線上後，取出一張紙片。

「召喚，『模擬神格・梵釋槍（Brahmaastra Replica）』——！」

神雷響起，必勝之槍顯現。黑兔身上的神話時代服裝已經全都起火，要是這一擊沒有命中，她就再也無法戰鬥。

黑兔鼓起要貫穿大地，貫穿天空，貫穿星辰的激烈氣勢，張開嘴大吼：

「貫穿吧————！」

槍尖附上太陽光環的神槍釋放出前所未有的靈格——發揮出第六宇宙速度這種非比尋常的速度，一口氣擊穿雙頭龍和鋼鐵天使。

原本數百的閃電化為千，增為萬，最後共有億兆道閃電合而為一，將兩隻妖怪燃燒殆盡。

直到被貫穿的對象消滅為止，會持續放出無限能量的槍最後在夜空中製造一圈光環，再使其消滅。

目睹這壓倒性的戰鬥力，讓先前和天使交過手的「Ouroboros」眾人臉色蒼白。這已經不只是超乎尋常了，她現在的戰鬥力，即使和最強種相比也不遜色吧。樹海因為戰鬥的餘波而化為焦土，沒有留下讓生物得以生存的餘地。

原本幾乎一望無際的濃密森林現在已經開闊到甚至能看見地平線。是因為那些金剛杵每一把都具備能破壞都市的力量，否則不會變成這樣。

「這就是『箱庭貴族』……『月兔』真正的實力……！」

身為箱庭都市創始者的眷屬，負責掌管審判天秤的一族。

額頭上有發光帝釋天神的黑兔確認敵人完全被消滅後，才終於放鬆全身的力氣。

「……嗚……」

這時，她注意到異變。

環繞在自己身上的火焰，即使戰鬥結束後，也沒有熄滅的跡象。

（嗯……果然是這樣呢……）

黑兔放開金剛杵，像是已經接受一切。

這就是恩惠的代價，賭上性命的「月兔」的末路。

遭火焚燒並獻出自身的兔子，拯救了老翁——帝釋天的化身。

這就是「月兔」的傳承。

以獻身象徵的身分奉獻生命，取得僅限一次的軍神恩惠和奇蹟。身上的火焰是為了收取代價，從煉獄裡對黑兔招手。

黑兔因為燒灼全身的痛楚而抱住自己的身體，但是她並不後悔。

（我的主神……將這條命還給您。）

黑兔跪下並感謝奇蹟，她心中沒有怨恨。原本這條命只能單純失去並劃下句點，光是能掌握僅限一次的奇蹟，就已經是不敢當的恩惠了。

煉獄很快就會引導黑兔前往六道吧，她的意識到此中斷。

在地獄入口正要打開的緊要關頭——出現一個奮不顧身衝向此處的人影。

「不行！不要死！」

連腳步都踩不穩的飛鳥把手伸向正在燃燒的黑兔。煉獄的火焰並不會燒灼活人，但造成的燒傷痛楚卻真實不假。

飛鳥強忍著等於全身受到燒傷的激烈疼痛，流著眼淚大叫：

「快消失！快消失！拜託……消失吧！」

飛鳥對煉獄的業火下令，然而火焰並沒有出現要消滅的動靜。從六道地獄瘋狂湧上的業火宛如海嘯般蜂擁而來，將兩人團團包圍。

就算火焰不會燒燬活人，一旦地獄火爐就這樣開啟，連飛鳥也會被吞沒而失去性命吧。不只這樣，現在折磨飛鳥的激烈疼痛已經嚴重到她隨時有可能因為休克而死。

即使如此也不願放棄的飛鳥淚如泉湧地對著上天訴說：

「帝釋天……！如果你真的是善神！如果你真的是討伐橫行世上之惡的神明！請你拯救這個依循你的教義勇往直前的眷屬吧！」

黑兔在一生中，從來不曾偏離正道。

她沒有捨棄苦於貧困的共同體，總是隻身一人克服苦難，清白正直地活到現在。

飛鳥不能接受她的人生必須以這種悲劇結束。

「如果她能得救，即使要我成為代替品也無所謂！我也已做好在煉獄遭受火刑的心理準備！如果你能夠接受我的願望，我可以把自身一切全部奉獻給上天！所以……求求你……！」

飛鳥講到最後，已經因為痛哭而說不出話。

業火宛如巨大的上下顎，分成兩塊並覆蓋兩人。

當火焰竄過全身，即將被煉獄吞沒的那一瞬間。

飛鳥在雷鳴中聽見了上天的聲音。

「……啊……」

雷鳴在空中轟隆響起，就像是已經接受飛鳥的祈願。

在出現兩次、三次的耀眼雷光中，飛鳥確實見到了神明的身影。

佇立於雷光中的神明外型既像是野獸，也像是人類。

不久之後業火消失，寂靜來訪。

襲擊全身的痛苦和焦躁讓飛鳥失去意識，倒在荒野之中。

講述過去的夢境，是以這樣的句子為開端。

——那面牆的另一邊有什麼呢？

妳不想知道嗎？

對年幼的金絲雀這樣說的人，是身穿燕尾服的剪影魔物。

這個燕尾服的魔物只擁有二次元的平面身體，會將男女老幼誘拐並關入自己的居城，而且每一次都會問出剛剛那句話。

燕尾服的魔物口中的「那面牆」，應該是指將箱庭分割成東西南北，據說高達數千公尺的境界壁吧。

位於西區的這片土地並沒有在境界壁上設置門扉。不，正確來說其實是有，但那是建造於據說標高數千公尺的牆頂上的小小鐵門。如果想要離開西區並確認牆的另一邊，就必須投身於這段嚴苛至極的旅程。

然而被魔物帶走的所有人類都對這個質問不抱任何感慨，只是露出發愣表情不解地歪著腦袋。

他們並不是覺得那個挑戰是白費力氣。

也不是無法找出其中價值。

那麼是因為他們無法理解魔物的發言嗎？其實也不是。

是因為他們在更早的過程中，就已經無法接納這番話的根本意義了。

「為什麼要問這種事？」這是他們的主張。

「——……」

如果要毫無隱瞞地敘述理由。

是因為他們出身的箱庭西區，是已經完成的「理想之鄉（烏托邦）」。

某位學者曾經簡潔地敘述理想之鄉的定義：

「那是幾乎全體國民都能獲得平均的所得，建造沒有差異的居住處，胸懷輕微的信仰心，而且還可以度過安寧每一日的地方。」

如果這是理想之鄉的定義，那麼西區的確是不折不扣的理想之鄉。

在他們的城鎮，燦爛的寶石和灰暗的石頭被視為價值相同。

由於實行物資均等化，他們打從一出生就沒有「物價」這種名詞。在所有物資想要多少就

能得到多少的這片土地上，所謂的稀有性並不存在，也因此不會培育出獨自性。對於個體觀念並不存在的他們來說，彼此鬥爭沒有意義。所以不會產生落敗者，也沒有勝利者。在不自覺狀態下實現平等社會的他們並不具備「競爭社會」這種概念。

因此，他們很幸福。

從客觀角度來看，或許有某些不便之處。

箱庭的帷幕總是被雲層籠罩，包圍都市的幾千公尺境界壁堅拒所有入侵，也不允許人才外流。彷彿刻意設置的小小門扉被放在高聳入雲的巨大境界壁頂端，到達那裡的路程比阿闍黎的修行更為艱險。這裡就是符合「箱庭」之名的完美鳥籠。**（註：日文中的「箱庭」意指一種迷你造景模型）**

然而，他們很幸福。

如果改變看事情的角度，西區即使被批評為「閉鎖世界（反烏托邦）」或許也是無可奈何。沒有鬥爭、沒有歧視、沒有疫病、每年每月每日每秒都過著同樣生活的他們基本上連什麼叫作「不幸」都不明白。

所以他們很幸福。

只能這樣形容。

既然沒有不幸，不就只剩下幸福嗎？

在這種地方出生的他們也不例外，總是甘願地接受幸福，從未懷疑過自己的生活。要已經獲得人類最大限度滿足的他們去理解燕尾服魔物在花言巧語中蘊含的熱情，根本完全不可能。

——那面牆的另一邊有什麼呢？

你不想了解感動嗎？

燕尾服魔物刻意避開直接的講法。不懂競爭社會的他們也不清楚何為虛偽。因此不會做出「懷疑」的行為，也不會試圖推測他人的真正想法。

這就表示，他們是不進行「思考（活著）」行為的家畜。

獲得衣服，獲得居所，還會定期獲得糧食。

放棄思考的行屍走肉。

他們生產（奉獻）的東西是信仰。

思想教育，偏差的知識，人類的品種改良。

要進行這些，名為宗教的洗腦是最有效率的方法。獲得「建立理想之鄉」這個正當理由的一部分神群很歡迎這個鳥籠，認為這才是人和神應有的姿態。

理想之鄉才正是人與神能夠建構出相互依存關係的理想形式。

在許多神群逐漸變質成那鳥籠的柵欄（系統）的狀況下——燕尾服魔物以一句「講什麼囂張話」悍然拒絕。

幕間2

司掌生死與鄙俗之愛的燕尾服魔物賭上自身的全部存在，出面譴責那些神群。

——你們要人們活著卻不明白雪茄的美味和二手煙的毒性？

——你們要人們活著卻不理解酒的快樂並從其中毒性中學習進步？

——你們要人們孕育生命卻不清楚無愛和有愛性行為之間有何差別？

沒有壓倒性的自愛心態，就不會產生究極的博愛。試圖根絕自由和自主性的那些神群和燕尾服的魔物，打從誕生那瞬間起就無法相容。

燕尾服魔物——原本屬於神靈之一的他，誕生於受到奴隸制度支配的時代。做為奴隸們的自由象徵，他高舉著雪茄和蘭姆酒這類享樂用品，讚美不受束縛的愛，和帝釋天一樣做為「最接近人類的神靈」之一而誕生。

正因為是這樣的他，所以無法認同。

他賭上那些即使渴望人權，卻被當成家畜對待的心愛信徒的名譽。

明知處於壓倒性的劣勢，他依然決心要和虛偽的理想之鄉對立。

然而許多神群把他主張的快樂當作禁忌，視為違反道德的行為。因此即使他生為善性的神靈，卻被刻上魔王的烙印。

明明他根本不符合魔王原本的定義……當時的神群們卻異口同聲地詛咒他和他的神群。但燕尾服魔物無論蒙受何種汙名，都堅持不放下高舉起的謀反旗幟。

就算被辱罵成邪教之神。

就算被散布他是黑魔術宗主的虛偽謠傳。

就算身為神靈的名譽和主張被踐踏，心愛的信徒們一個個遭到蹂躪，他也從未停止抗戰。

不久之後，當世界的四分之一成了名為「理想之鄉」的農場，眼看人類終局即將被賦予結論時……即使降格成了薄薄的剪影魔物，他也沒有放棄追求正道。

掌管生死與愛和快樂的他，比世界上任何人都相信人類的可能性。

他相信如果是人類，必定可以克服這個艱辛又險峻的考驗。

也相信自己深愛的人類，不應該走上這麼無聊的結局。

這份幾近確信的心情，來自神靈對人類的信仰。而魔物知道，正是這種信仰能成為人類的新可能性。

所以燕尾服的魔物願意相信，或者該說是信得走火入魔。

如果是這個涵蓋無限可能性的箱庭，那麼即使待在這個鳥籠中，應該也會出現正確的邂逅。

人類的信仰創造出神明，而神明的信仰孕育出人類的可能性。

既然如此，必定能夠遇見。能成為希望的人類也一定會誕生。

即使這行為像是在沙丘中尋找小小的寶石，燕尾服魔物也沒有放棄。他堅定不移地深信自

己追求正道的行為，還有已凋零信徒們的信仰，都正確無誤——

而最後，他終於在沙丘中找到明星。

「——……在牆壁另一邊，有什麼呢？」

從理想之鄉抓來的一名少女——輕柔金髮散發出甜美香味的她可愛地輕輕歪頭，以沒有起伏的聲音反問。

聲調中帶有的感情很稀薄。像是在隨口回應的這個提問會讓人覺得缺乏生機，更何況她的年齡才剛滿十歲。

她的身高比平均還矮一點，兩手上緊抱著和年齡相符的娃娃。在物品價值被均等化的這個理想之鄉中，少女在這時已經算是異端。

然而看在燕尾服魔物的眼裡——她的身影就像是璀璨的星星。

這也是理所當然的反應吧。

畢竟幾千幾萬年以來，他都在這個被封閉的鳥籠中，對著多如繁星的人類提問，好不容易才遇上一絲光明……就是這名少女。

「……嗚……」

宛如被閃電打中的衝擊竄過剪影全身。他一反常態地眼裡含淚，現在很想跪下來感謝充滿諷刺的命運。

雖然神靈或許不應該提及命運這種東西。

然而在箱庭的……世界的趨勢即將被決定的這時代，擁有救世可能性的少女出現了。這個過於湊巧的邂逅不說是命運，又能稱為什麼呢？

「……牆壁的……另一邊——」

燕尾服魔物立刻想要回答，卻猛然一驚把差點衝口而出的答案再吞回去。雖然他很想立刻讓少女成為自己的信徒，但他以渾身的努力抑制這份欲望。並不是只有他一個人在抵抗理想之鄉——「閉鎖世界」以及贊同此派的神群。

東區有帝釋天率領的混合神群．護法神十二天在奮戰。

南區有西歐的神群移居，據說正在觀察反擊的機會。

還聽說北區有以吸血鬼、牛魔王、酒吞童子、金毛九尾為中心的惡鬼羅剎們舉兵。

明明有這麼多修羅神佛展開攻勢，但每一處的戰況都處於劣勢。

「閉鎖世界」還擁有最強弒神者的一面。絕對的管理政治和對異教徒的鎮壓，是阻止其他神靈的最強鎧甲。

然而如果出現從內側打破鎧甲的存在——就會成為所有勢力期待已久的希望之星吧。正因為如此，這個至寶應該要接受更多的神靈鍛鍊。

燕尾服魔物抑制住想要獨占的心情，晃著剪影露出冷酷的笑容。

「牆壁另一邊有什麼呢……如果妳想知道，必須用自己的雙腳去確認。」

「我自己去？」

「對。妳那種『想要知道』的心情，絕對無法靠來自其他人的情報滿足。那是妳必須用自己的雙腳、自己的眼睛、自己的靈魂及一切去刻下軌跡，才總算能稍微被滿足的東西。」

即使如此——妳還有挑戰鳥籠的勇氣嗎？剪影笑著發問。

……話是這樣說，萬一少女在這裡搖頭，那一切可就白費了。之後再找機會提起這件事時，她當初似乎是抱著自有的決心才開口反問。

抬頭望著燕尾服魔物的女孩——金絲雀先猶豫了一會，才踏出確實的一步。

這一步開啟了人類和諸神們在漫長的星霜歲月中，與封閉人類未來的最強魔王——「人類最終考驗（Last Embryo）」，敵托邦魔王的大戰。

一名少女和剪影魔物，為了改變人類的終局而踏上各式各樣的旅途。

為了引起所有能從箱庭觀測到的「歷史轉換期（Paradigm Shift）」，她和自己求教的許多神明持續奮戰，引導人類史前往更好的方向。

雙方的衝突曾經造成高達八〇〇〇萬的大量犧牲者。少女也曾經因為這種結果而深深後悔，幾乎快要半途挫折。

然而他們無論如何都無法容忍把箱庭當成人類農場的行為，因此每次受挫時都重新振作，繼續前進。連原本是「閉鎖世界」一派的神群和天使們也被這種奮戰的態度感化，慢慢願意和他們並肩而立。

那是串連起東南北區而成立的箱庭最大同盟共同體。

成為「無名」之前的組織。

其名為「Arcadia」。

以「成立和烏托邦不同的另一個理想之鄉」為目標的他們如此稱呼自軍，並自許為新理想之鄉的對外窗口。而且相信，總有一天這旗幟和名字會成為統治這箱庭的唯一名號。

他們高舉起一幅描繪著在封閉世界裡誕生的少女，以及她走過的自由大地和山丘的旗幟，在世界上刻下箱庭有史以來最大的戰果。

她是唯一完全達成「人類最終考驗」的人類。

這就是一生依循自身信念活下去的女性——金絲雀的人生軌跡。

——樹海之戰後過了幾小時。

燭台燈火帶來的溫暖讓黑兔恢復意識。

突然映入眼中的陌生天花板採用石造，而且感覺年代久遠。北區很少會有這種不成熟的樸素建築。尤其是在「煌焰之都」這種水準的都市裡，即使是磚造的房舍，內部通常也會使用漂亮的裝潢。

（……這裡是哪裡呢？）

黑兔想要起身，卻低聲慘叫並縮成一團。折騰全身骨頭和肌肉的疼痛，讓她感受到先前的戰鬥的確是現實。

兩手上綁著治療燒傷用的繃帶，雖說還不至於完全不能動，但無法進行精細的作業和戰鬥。看來還是乖乖睡覺對自己比較有好處。

黑兔以不會造成疼痛的動作翻了個身。

這時她突然注意到頭上有種懷念的感覺。

那是左右晃動的突起物體，確認那又長又軟的觸感後，黑兔忘記疼痛跳了起來。

「兔……兔耳！兔耳！My lover rabbit ear！人家的美妙耳朵恢復了！」

呀呼～♪黑兔拉著兔耳開心地跳來跳去。

雖說動來動去其實造成猛烈的疼痛感，但那種事可以先丟一邊不管。兩百年間每天都仔細梳理持續愛護的寶貝兔耳回來了。即使骨頭正在發出致命的喀喀聲響也不成問題。黑兔利用床鋪的彈力很靈巧地以躺平姿勢彈來彈去，這時旁邊響起不以為然的聲音：

「——吵死人了，廢物兔子。我也受了重傷，給我稍微安靜點。」

這是不高興又沒好氣的聲音。嚇了一跳的黑兔猛然停止動作。小小的房間裡放有兩張床鋪，剛才那聲音來自另一張床上的人。

「算了，我們兩個似乎都挺賊運亨通。要不是靠其他人，這次真的死定了。這也算是平日行為帶來的結果吧。」

對方發出有點放鬆的呀哈哈笑聲。

另一方面的黑兔根本沒有把話聽進去。

她楞楞地睜大雙眼，搖著頭像是感到無法相信。之前已經認定大概難以再相見的同志，現在正掛著一如往常的輕浮笑容，灑脫地躺在另一張床上。

眼中盈滿淚水的黑兔帶著扭曲表情把身子往前探。

「施……施六爺先生……！」

「喂喂，施六爺是誰啊？在講話前先把眼淚和鼻水擦乾淨啦。」

被黑兔這張亂七八糟的臉孔嚇了一跳的十六夜遞出面紙。

黑兔擤去鼻水，才伸直兔耳撲向十六夜。

十六夜笑著輕輕抱住她，像平常一樣發出爽快笑聲。

「喔喔，賺到了賺到了，活著果然還是有好事。」

「您怎麼還是一樣這麼傻……！不過看到您平安無事真的太好了……！」

「是啦，這次我們兩個真的運氣都很好。傑克、蛟劉、莎拉，連柯碧莉亞都來了。還加上那個面具騎士大人也以女王騎士代表的身分參戰。換句話說，我們認識的人物們都到齊了。」

十六夜等人留下的軌跡絕對沒有白費。因為至今為止在每一天中累積起來的功績和情誼都在今天為了幫助他們趕來此地。

止住淚水恢復冷靜的黑兔有點難為情地迅速放開十六夜，接著微微側了側腦袋。

「不過這裡是哪裡呢？救了人家和飛鳥小姐的人又是哪一位？」

「噢，那是——」

「是我，黑兔。」

一名身穿燕尾服的老紳士突然出現，黑兔伸直兔耳大吃一驚。

「您……您……您是克洛亞大人！咦？為什麼？您為什麼會在這裡？」

「哈哈哈！居然可以一眼就認出我，不愧是我的心愛女兒。看到妳成長得既性感又可愛，

實在讓人高興。不過沒能目睹妳成長的那瞬間，還是讓我非常不甘心啊。」

克洛亞臉上掛著不懷好意的笑容，但黑兔卻不予理會，繼續等待答案。被白夜叉拚命玩弄的三年歲月並沒有白過。

看到黑兔對性騷擾沒什麼反應的克洛亞很遺憾地垂下肩膀，壓著圓頂硬禮帽回答：

「嗯，我被丟去外界一陣子。到西元二〇六五年都一直待在外界……所以差不多流浪了一千五百年左右吧。」

「您說什麼！」

黑兔驚訝得伸直兔耳。因為這反應而心情轉好的克洛亞轉著手杖，露出爽朗笑容。

「一七〇〇年代後期雖然有機會回來，但是從外界連接箱庭時，很難指定箱庭這邊的時間。所以我決定賭在盡量能回到正確時間的方法上……話雖如此，還是產生了三年左右的時間偏差。似乎讓妳吃了不少苦，實在抱歉。多虧有妳保護共同體，真的很感謝，我的同志。」

克洛亞似乎很不好意思地拿下圓頂硬禮帽點點頭。

看到身為共同體創始人兼超重要人物的他如此鄭重地道謝，讓原本只是基層人員的黑兔有點坐立不安。

「雖然我還想再多聊一下，不過實在沒有時間。現在雖然受到遊戲規則的保護，不過這遲早會被破解。因為要集合主力進行攻略阿吉．達卡哈的會議，所以我要帶十六夜小弟離開。黑兔妳就多休息吧。」

「啊……是！兩位請多小心！」

「嗯，決定作戰後我再回來。」

在黑兔的目送下，十六夜和克洛亞起身離開。

兩人一言不發地在別棟通往空中堡壘的道路中前進，目的地是開會用的大廳。確認已經離開別棟後，十六夜帶著明顯敵意瞪向克洛亞。

「……喂，這是怎麼回事？」

「你指什麼？」

「裝什麼蒜，把黑兔和大小姐救回來的人不是春日部她老爸嗎？」

十六夜指責並質問克洛亞為何要說謊。

正如他所說，把黑兔她們帶來這空中堡壘的人並不是克洛亞。

而是一個叫作春日部孝明，好像是「No Name」舊成員的神祕男子把黑兔和飛鳥帶進這個遊戲盤面。

「還有，根據大小姐所說，你們好像放過了『Ouroboros』那些傢伙。到底是怎麼回事？不管是要說謊還是有事要瞞著我們，如果沒有足夠的理由，我可無法接受。」

「……嗯，的確是那樣。」

克洛亞踏響腳步聲快步往前走。

「關於這次事件，還沒有來到可以解釋一切的時候……希望你能接納這種理由。一切都是

那個膽小鬼父親的責任，如果想抱怨，請直接找那個傢伙。」

「……他是個膽小鬼嗎？」

「嗯。此外，放過『Ouroboros』成員的行動，也是『No Name』現任首領大人的的指示。這不是憑我一己之見就能做出的決定吧。」

「小不點少爺的指示？……等等，那傢伙現在人在哪裡？」

「和『Ouroboros』的原典（Origin）候補者在一起，看樣子現在的狀況很有趣。」

十六夜忍不住「啥！」了一聲。他大概沒有預料到事態已經演變成這樣吧。雖然他曾經說過要是有機會想找殿下他們交涉，但仁一個人展開行動倒是出乎預料。

克洛亞忍著笑意，按住圓頂硬禮帽繼續說道：

「哎呀～管錢那家的孩子成長了不少呢。想到他是那個沒用大叔的兒子，實在是過於優秀。這就是所謂的壞竹出好筍吧。」

「你認識仁的父親嗎？」

「嗯，他是負責擔任寶物庫守衛的人。曾經多次為了喝酒侵占寶物庫裡的東西，是個典型的廢物男。雖然每次都會被金絲雀還有他老婆狠狠教訓，但傷腦筋的是，他在酒方面有不錯的品味，我也得過一些好處。而且他還莫名地有人望，有時候會拿著大概是酒店珍藏的神酒回來，是個讓人無法討厭的傢伙。」

「哦？這真是令人意外。」

「是啊……話雖如此，那傢伙也在三年前死了，是為了保護同伴而死。現在想想，還真是個讓人惋惜的男人。」

露出懷念笑容的克洛亞臉上是一派平靜。

這表情造成的氛圍，和十六夜過去對克洛亞的印象相差甚遠。或許這表情，才是被稱為賢神的這男人真正的本質。

「落日的悲劇會永遠殘存。就像逝去的生命不會回來那樣，折磨內心的痛楚也不會消失。」

「……這可不是死神（Grim Reaper）該說的台詞，你應該有能力讓死者復活吧？在反烏托邦戰爭那時不也是一樣？」

「怎麼可能，能讓死者完全復活的人物和方法都沒有幾個。我頂多只能讓死者成為新的生命，但我對那種變異體沒有興趣。而且我追思的同胞全都是達成自己的使命後才過世。所以那種跟褻瀆沒兩樣的行為，我怎麼可能做得出來？」

克洛亞．巴隆露出困擾的笑容。

十六夜重新體認到這個人的確也是神靈。

「也罷，這次不會發生那種狀況。你的落日紀錄已經在三年前就結束了。」

「希望如此，我也不願意更加心痛。無論如何，都希望你們能夠獲勝。」

克洛亞開著玩笑並回到城內，然而他已經做好心理準備。

能在這場戰爭中活著回來的人，恐怕只有一小部分。

＊

另一方面，同一時刻。

只受了點跌打損傷的飛鳥被叫到另一個會議室裡等待。只是要她前來的這個地點與其說是會議室，看起來反而更像是表演戲劇或演奏的舞台會場。

（只有這裡空著……並不是唯一的原因吧？畢竟座位也排列成像是要觀賞戲劇的形式。）

飛鳥張望四周，想看看有沒有自己認識的人。

之後，她發現白雪姬和蕾蒂西亞都在入口那邊。

「蕾蒂西亞！妳們也來了嗎！」

「嗯，『No Name』所有人都被帶來這座城堡，也算是為了避難。」

「莉莉他們和我待在城裡照顧受傷的人，因為我們之中有能力在前線戰鬥的人只有蕾蒂西亞而已。」

聽到白雪姬這句話，飛鳥的表情一口氣僵住。

「……妳出戰了？和襲擊『煌焰之都』的魔王交過手了？」

「出戰的人不只我，而且我反而算是扯後腿的那一個。如果我更有實力，傑克兄也不會身受重傷。」

蕾蒂西亞垂下肩膀轉開視線，和兩百年前不同，現在的她沒有神格，要在最前線和阿吉．達卡哈交戰應該是很嚴苛的任務。已經聽說過戰鬥中發生了什麼事的飛鳥表現出似乎很動搖的態度，雙眸不安地晃動著。

「那……那麼，傑克還好嗎？」

「他的遊戲還沒有完全被攻略。雖然保住一命，但要再上場戰鬥似乎很難。」

「目前是由維拉小姐和莉莉一起照顧傑克兄。雖然她看到傑克兄受傷時非常激動慌亂，但現在已經冷靜下來。之後的事情只能交給她們處理。」

「這樣啊………」飛鳥這樣回應。維拉好像因為被「Ouroboros」抓著到處跑而吃了不少苦頭，把「Will o' wisp」的成員排除於可用戰力之外應該比較妥當吧。

「至於鵬魔王……迦陵小姐和蛟劉兄是被克洛亞叫走了。那傢伙雖然可靠，不過卻是個變態，妳們兩個要小心點。」

「啊？」

「咦？」

以平靜態度講出毒舌批評的蕾蒂西亞讓兩人大吃一驚。因為她平常並不是會隨便說出這種話的人，因此她們也更加訝異。

蕾蒂西亞沒有理會兩人，抬眼巡視周遭。

「話說……居然在舞台會場舉行會議，這到底是誰的提議？」

仔細一看，還有很多「Salamandra」的亞龍和鬼種，以及「龍角鷲獅子」的幻獸和獸人們來此集合。只是如果必須對抗三頭龍，憑這些人的實力恐怕難以因應。

（要是阿爾瑪在的話，說不定已經告訴我很多情報了。在這種時候，她到底跑哪裡去了？）

不過，這個聚集著各式種族的舞台會場其實也不錯。接下來究竟會發生什麼事呢？心中抱著一絲期待的飛鳥有些坐立不安地等待著。這時，有個似乎在哪裡看過的小惡魔通過她的眼前。

「拉普子……！」

蕾蒂西亞露出懷念的表情，出聲叫道。

被稱為「拉普拉斯小惡魔」的迷你型惡魔在舞台中心降落後，會議室起了一陣騷動。休眠中的「階層支配者」為什麼事到如今才在此現身呢？在這種疑問不斷擴散的情況下，拉普子拿出和自己差不多大的麥克風並開始試音：

「測試……測試……好，各位，日安。我是長久以來都不在的『拉普拉斯惡魔』之司令官，通稱拉普子Ⅲ。之前花了一段時間去外界尋找同胞和變態，現在總算能夠回到箱庭。雖然惡魔（母親）仍在休眠中，但這次和三頭龍的戰事會由我等拉普子負責支援各位。」

會場揚起歡呼聲。是因為大家覺得有擅長收集情報的拉普拉斯負責支援會讓人多一分倚靠，所以才會歡呼吧？

但是聽到這段話後，蕾蒂西亞的臉色卻變了。

（難道……拉普子那傢伙想使用兩百年前的戰法……？）

和拉普子一樣，在兩百年前曾經和三頭龍一戰的蕾蒂西亞心中產生強烈的焦躁感。

然而拉普子Ⅲ卻連看都不看她一眼，繼續說道：

「那麼接下來，要舉行對抗阿吉・達卡哈的會議——不過在此之前，有一件事情無論如何都必須向各位報告。」

這相當鄭重其事的言論讓現場充滿困惑的空氣。拉普子停頓了一陣子，臉上閃過憂鬱的表情後，才抬起頭來宣布：

「首先，兩百年前參加對抗阿吉・達卡哈之戰的人，有八成都失去了生命。之後造成『Salamandra』降格到五位數的原因也和這場戰爭有關。」

「嗚……！」

這段話引發了帶著困惑的騷動聲，在場的飛鳥和白雪姬也不例外。

蕾蒂西亞明白拉普子究竟想說什麼，表情極為僵硬。

「其次，為了打倒阿吉・達卡哈，需要大量戰力……也就是人數。我等的任務是要成為屏障，對抗那些在主力戰鬥中增加的分身體。如果無法辦到這一點，這場戰爭就不可能獲勝。」

拉普子淡淡地只提出事實。因為緊張，會場內的氣氛整個緊繃到似乎隨時都有可能炸開。

飛鳥也一樣屏住呼吸，靜靜地聽著這些話。

確認會場內所有人都體認到這個事實，拉普子如此作結：

「第三，就算一切順利……目前在這裡的人還是幾乎全都會死。所以這些人選是我基於獨斷選出，而我只選出了必要的犧牲者。得知這些後，如果你依舊願意為箱庭而戰──請留在現場。」

＊

春日部耀隻身在被分配到的房間裡待機。

在「生命目錄」回到手上之前，她什麼都做不到。只能一個人心神不寧地在房間裡持續等待。

（十六夜被救出，飛鳥和黑兔也沒事，接下來只剩下我。只要我恢復力量，就可以大家一起並肩作戰。這次我們一定要合力打倒魔王……！）

春日部耀激勵著自己。

這時，響起「叩叩」敲門聲。

「我在，是克洛亞先生？」

「不，不是。我是──格萊亞．格萊夫這名字妳還有印象嗎？」

喀噠！春日部耀慌慌張張地試圖起身，這才想起雙腳無法使力。她立刻準備大聲喊叫，格萊亞卻以沉靜的語氣阻止她。

「等等，我不是來找妳戰鬥。我是收到某人的口信，特地前來告訴妳一些事情。」

「……事情？什麼事情？」

「關於妳的出身和雙親……尤其是關於妳的母親。」

這出乎預料的提案讓耀受到衝擊。

的確，她聽說過德拉科·格萊夫是父親的友人，所以可以接受身為德拉科兄弟的格萊亞也認識父親的事實。

然而關於母親，耀本身甚至連一面都未曾見過，只有聽說過她的為人。

「……為什麼是你來告訴我這些事？而且，你是用什麼方法來到這裡？」

「是克洛亞·巴隆找我來的。那傢伙舉出提議並許下承諾，只要我告訴妳這些事，就會放過『Ouroboros』的其他成員。」

原來如此，這番話的確很合理。既然他獲邀進入這個遊戲盤面，當然是主辦者方的哪個人做出的安排，所以應該不是謊話吧。

「如果妳不想讓我進入房間，就這樣聽我說吧。無論如何，我只是來完成委託。我等的狀況也很緊急，我必須早點回去。」

「……好吧，你就這樣說。」

耀沒有解除警戒心，決定隔著房門聆聽。

格萊亞開始靜靜敘述：

「在提到妳雙親之前，首先要談談妳的『生命目錄』。」

「我的『生命目錄』？」

「沒錯。或許妳已經察覺，那是為了對抗魔王而製造出的最強武裝。只要擁有這個『生命目錄』，無論是多不合理的遊戲，擁有者都能保有勝算。這東西就是在製造時灌注了這種願望的恩賜。」

在受到未知數支配的魔王恩賜遊戲中，為了對應所有局面而製造出的武裝。

就連大鵬金翅鳥那樣由物種本身擁有的對神、對龍恩惠，也能夠以武裝的形式顯現。所以即使碰上不死者那類「應該不可能打倒的敵人」，只要擁有「生命目錄」，勝算就不會是零。這東西正可以說是為了對抗魔王而製造出的希望之武裝吧。

「然而製造出這恩賜雛型的人並不是神靈，也不是妳的父親。下令製造『生命目錄』的人是魔王——被稱為『閉鎖世界（敵托邦）』的最凶惡魔王。」

「是魔王下令？」

「沒錯，演化論探討到極限後，會導向對創造論……也就是對神性的否定。在外界……即使到了二〇〇〇年代的初期，主張世界由神創造的創造論信徒應該還占了人口全體的過半數。所以和一部分神群敵對的敵托邦為了推翻對方的根源而製造出的恩賜……就是『生命目錄』的真實意義，是為了讓信仰衰退以及量產生物兵器的恩賜。而受命製造這東西的人，是一個在反烏托邦中出生的女性——……妳的母親。」

「——……！」

聽到這種實在不能置若罔聞的情報，讓耀一時啞口無言。

然而格萊亞卻毫不留情地把最後的事實也全盤托出：

「過去，人類史寫下了到達反烏托邦的系譜。然而之後抵抗反烏托邦的人們卻讓人類史劇烈改變。以結果來看，人類到達反烏托邦的時間流可以說是已經完全消失。然而這造成的後遺症就是，在反烏托邦中出生長大的人們擁有的靈格將逐漸耗損，還會慢慢失去生命。也就是他們會成為不曾存在過的人物……妳的母親也不例外。」

「…………」

「春日部耀，妳使用『生命目錄』也不會變成怪物的理由恐怕就是源自於這一點。妳還沒確立自身的靈格(存在)。靈格的根源有著來自雙親的最初恩惠……『名字』和『生命』。妳因為擁有從父親那邊獲得的靈格所以能活下來，但妳從母親那邊得到的恩惠已經烙印在靈魂上。因為反烏托邦的所有家畜，都是『無法成為任何人之人(No Former)』。」

一口氣發洩般地講完後，格萊亞要告訴耀的事情也到此結束。

他繼續站在門前沒有離開的原因，應該是在等待耀的回覆吧。

「……我可以問一件事嗎？」

「什麼？」

「你為什麼把『生命目錄』刻在胸前？普通人使用這個不是會變成怪物？」

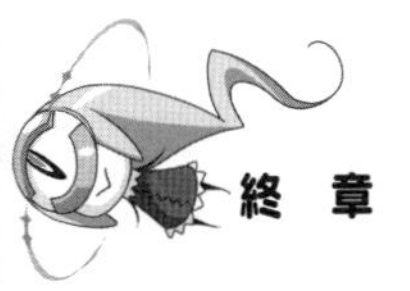

對於耀來說，這大概是理所當然的疑問。

格萊亞沉默了一會，才以不帶起伏的聲調回答：

「……我也跟妳一樣，是靠這個『生命目錄』活著。僅此而已。」

「為什麼？」

「我只能告訴妳這是我的主神的詛咒，更進一步的詳情與妳無關——就講到這裡為止吧。下次見面時妳要先做好心理準備，我等也不打算手下留情。」

丟下這句話後，格萊亞的氣息就消失了。

耀從他的一字一句中感受到不尋常的決心，還因為預感到會發生比過去更激烈的戰鬥而全身顫抖。

「No Name」和「Ouroboros」，以及與三頭龍的戰鬥終於準備迎向最終局面。

白夜叉

哼哈哈哈！
這次也要開始進行解說廣大箱庭的專欄「教教我！白夜叉老師！part2」！

齊天大聖

咦？妳不是要跟我老孫一起在天岩戶裡玩埃及式的桌遊嗎？

我才不要！塞尼特(Senet)這種東西我很久以前就已經和拉(Ra)那小子還有歐西他們玩到爛了！

那換成這個古代羅馬式的桌遊……

喔喔，是直棋(Nine Men's Morris)嗎！真讓人懷念……不對！那東西我也已經玩過很多次了！好啦，齊天大聖妳也來幫忙主持吧！

喂喂，妳講真的嗎？這到底是做什麼的專欄啊？而且基本上我老孫明明連在插圖裡都還沒登場過，就得主持專欄嗎？

這是解說箱庭複雜內情和用語等知識的專欄。為了驅散本傳中那殺氣騰騰的空氣，也得出一分力！
別囉唆！總之開始吧！

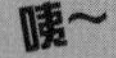

Q. 境界門（Astral Gate）

白：「只要穿過這扇門就能立刻進入另一個世界！箱庭裡數一數二的便利恩賜，就是能進行空間跳躍的這個境界門！」

齊：「在大到誇張的箱庭裡還能夠正常進行流通的原因，就是多虧有這個境界門。」

白：「這個『Astral』是和『星星』有關的形容詞。通過境界門的人事物會脫離物質界化為星辰體，宛如星光般在世界中驅馳。」

齊：「在神智學（Theosophy）中，是把星辰體視為由精神、感情釋放出的未知能量吧？」

白：「雖然有些細微的差異，但大致上是那種意思。」

齊：「那由妳負責講出個簡明易懂的總結吧。」

白：「嗯。如果要讓外界的人也能夠簡單理解，其實這是一種任意○……」

齊：「喂！笨蛋！別說啊！」

白：「哎呀，真是失禮了。」

Q．箱庭的三大問題兒童

白：「嗯，雖然偶爾會提到相關人名，但基本上是指以下這三人：
女王『萬聖節女王』、
魔星『阿爾格爾』、
半星靈『齊天大聖』，
以上這三人……」

齊：**「喂！慢著！給我等一下！」**

白：「嗯？怎麼了？」

齊：「妳這個最早的成員把自己放一邊去是在胡說個什麼？講到箱庭的三大問題兒童，從我老孫出生前就已經確定是女王、魔星、白夜王這三人吧。為什麼連我也被算進去啊？哭給妳看喔這混帳。」

白：「哼哼哼……那已經是往事了。我被任命為『階層支配者』後已經過了兩百年！現在『白夜叉』之名已經以『正義使者』的身分廣為人知！」

齊：「嗚……好，就算退讓百步承認這點，但為什麼是我老孫？我在外界也是相當出名的善神喔……大概是一定是。」

白：「嗯。如果要講得精確點，這並非是根據外界的人類角度，而是看在神群眼裡會認為妳是問題兒童。也對，考量到妳的經歷，說是當然也的確是理所當然吧。尤其是六道地獄壞滅事件，到現在還有很多人對妳懷恨在心，例如十二天的焔魔天或是阿修羅族等等。」

齊：「那……那不是我老孫的責任吧！閻魔大王那個臭老頭是因為他不知道被哪個惡徒欺騙，把我的名字寫進『生死簿（Death Pocket）』裡才會引發糾紛！至於阿修羅族那邊，明明全都是因為那個蠢蛋皇子不但綁架監禁了才十歲的小迦陵，還試圖用強的把她占為己有啊！」

白：「就算是那樣，但也不能把閻魔大王的頭髮和鬍鬚全都剃光而且還進一步逼他全裸跪地磕頭道歉吧！還有阿修羅族皇子那事也一樣！妳把他的六臂全都綁起來丟進忘川河裡，自己在旁邊飲酒作樂，這可是連現代的年輕人也不會做出的殘忍行徑！給我稍微反省一下！」

齊：「唔唔唔……雖然這番話是正論但我無法心服……」

Q．南區的階層支配者「Avalon」

白：「這是直屬『萬聖節女王』旗下的騎士團共同體，是借用了著名的圓桌騎士名號，並靠著襲名制度來繼承其名稱和恩惠的組織。不愧是四位數的共同體，是強者雲集的階層支配者……失去這個共同體真令人感到惋惜。」

齊：「雖以圓桌為名，但也有和亞瑟王傳承無關的騎士隸屬其中，共同體內部其實相當混雜呢。以前我被派去拜訪那裡時，覺得他們是凱爾特系的騎士綜合組織。」

白：「嗯。如果要說明這點，首先必須先解釋『Avalon』為什麼位於『萬聖節女王』旗下。」

齊：「啊，這個我也想知道。」

白：「這受到凱爾特民族的宇宙觀、生死觀很大影響。在本傳中，應該有說明過起源於崇拜祖靈的神格化吧？」

齊：「就是把偉大的祖先視為神聖的那個吧？」

白：「就是那個沒錯，那麼這裡就略過吧——凱爾特民族把生死觀也套用到一年間的亮度會隨著時間變化的太陽運行上。太陽會在夏季即將進入秋季時開始衰弱，在冬天時死去並孕育新生命。這部分在聖經裡也有類似記述。」

齊：「啊～怎麼說？就是太陽會在冬至的時期死亡並轉生的那個嗎？」

白：「嗯。他們相信在舉行萬聖節的十月三十一日，和異世界之間的境界線將會變得不安定，祖靈也會從死者之國回到現世。然而不是只有祖靈會從死者之國來訪，還有各式各樣的惡鬼羅剎也會和祖靈一起到來，所以畏懼這點的人們就靠著模擬成妖怪外貌的行為來保護自身。這就是扮裝的理由。」

齊：「原來如此。那麼，和『Avalon』的關聯又是？」

白：「根據其中一種說法，是認為在太陽沉沒的方位有名為『Avalon』的樂園，這種理論或許是把太陽西沉的模樣和英靈們之死視為一致。也因此，從到達死後世界的祖靈中，邀請那些特別具有名譽的人們加入的共同體就成為現在的『Avalon』。講得簡單一點，就是精英騎士會抵達的死者之國。」

齊：「哦～所以結果他們就成了女王專屬的騎士組織嗎？」

白：「女王騎士隊是基於那傢伙的興趣，從其中精挑細選而出的人們。」

齊：「意思是女王也因為自己旗下的共同體受到攻擊而怒上心頭嗎？」

白：「不，那可難說。畢竟那傢伙雖然那種樣子，也保持著不折不扣的神靈身分。說不定『Avalon』崩壞的事件也具備某種歷史性的意義。」

齊：「但願如此。」

後記

非常感謝您拿起這本唬人的現代風異世界衷心誠意奇幻作品《問題兒童都來自異世界？》。

問題兒童系列在這個四月正好迎接三年整。當初還怕說不定會被腰斬，現在回想起來其實根本不需要擔心任何事！雖說連是否已到達中間折返點都還很難講，但我預定會耐心仔細地把作品寫到完結。

此外，七桃りお老師在コンプエース上連載的漫畫版也已經圓滿結束。長達一年半的連載期間，真是辛苦您了！

預定再兩集左右，問題兒童系列的第一部就會結束。

下一集是聯盟旗篇&阿吉・達卡哈篇・最終章「擊出！比星光更快！」，還請各位多多支持指教。

下次的封面會是逆迴十六夜！

竜ノ湖太郎

後台
下集
預告!!
YES!
聯盟旗篇終於要進入最終局面！各位，做好心理準備了嗎？
當然。
嗯，我會加油。
第一部也漸入佳境了，真讓人技癢。
YES！那麼大家一起預告下集吧！
「擊出！比星光更快！」
敬請期待！
第十一集預定在2015年春季出版！

Kadokawa Light Novels

機關鬼神曉月 1 待續

作者：榊一郎　插畫：Tony

榊一郎×Tony×海老川兼武
三大名師聯手出擊，打造最磅礴的和風機甲奇譚！

天下由「豐聰」移權至「德河」，征戰無數的巨型機關甲冑已無用武之地。然而，挺身力抗這股洪流，少年曉月操縱黑色機關甲冑〈紅月〉討伐仇敵，直到他巧遇了謎之少女沙霧──當這段宿緣相繫，盤踞國家的黑暗勢力便有所行動！新風貌戰國誌初卷登場！

NT$180/HK$55

台灣角川

Kadokawa Light Novels

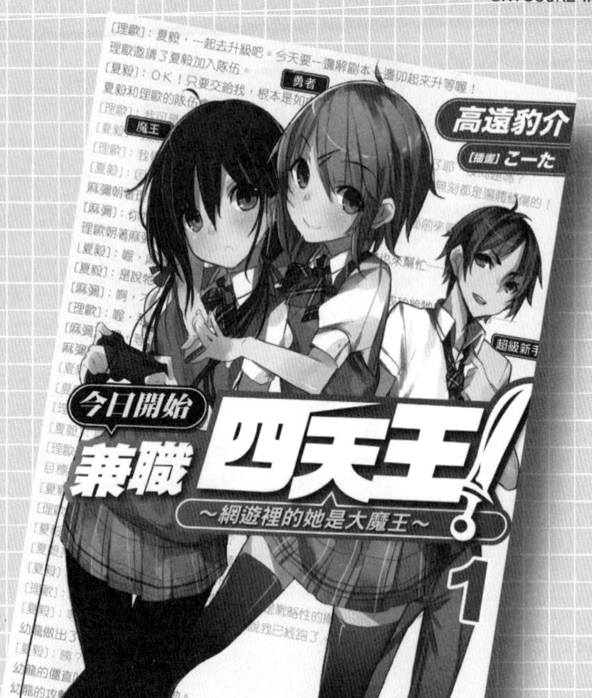

今日開始兼職四天王！ 1 待續

作者：高遠豹介　插畫：こーた

勇者（校園偶像）VS.魔王（青梅竹馬），
為了阻止兩人戰鬥，我只好開始兼職四天王……？

初島理央開始了網路遊戲「勇魔戰爭ONLINE」，成為校園偶像的勇者宇留野麻未之親衛隊。後來他意外得知青梅竹馬早坂亞梨沙是魔王！於是又偷偷創新角，成為保護魔王的四天王。為了守護可愛的勇者＆魔王，理央必須一人分飾兩角，妨礙兩人戰鬥……？

NT$200/HK$60

台灣角川

國家圖書館出版品預行編目資料

問題兒童都來自異世界?. 10, 於是,兔子投身煉獄 / 竜ノ湖太郎作 ; 羅尉揚譯. -- 初版. -- 臺北市 : 臺灣角川, 2014.12
面； 公分
譯自 :問題児たちが異世界から来るそうですよ?:そして、兎は煉獄へ
ISBN 978-986-366-228-0(平裝)

861.57 103020059

Kadokawa
Fantastic
Novels

問題兒童都來自異世界？ 10
於是，兔子投身煉獄

（原著名：問題児たちが異世界から来るそうですよ？そして、兎は煉獄へ）

2014年12月4日 初版第1刷發行
2021年3月26日 初版第7刷發行

作　　者：竜ノ湖太郎
插　　畫：天之有
譯　　者：羅尉揚

發 行 人：岩崎剛人
總 編 輯：蔡佩芬
主　　編：朱哲成
設計指導：陳晞叡
印　　務：李明修（主任）、張加恩（主任）、張凱棋

發 行 所：台灣角川股份有限公司
地　　址：105台北市光復北路11巷44號5樓
電　　話：（02）2747-2433
傳　　真：（02）2747-2558
網　　址：http://www.kadokawa.com.tw
劃撥帳戶：台灣角川股份有限公司
劃撥帳號：19487412
法律顧問：有澤法律事務所
製　　版：尚騰印刷事業有限公司
ＩＳＢＮ：978-986-366-228-0